Bianca

LEGADO DE PASIONES
MICHELLE REID

H HARLEQUIN™

Editado por Harlequin Ibérica.
Una división de HarperCollins Ibérica, S.A.
Núñez de Balboa, 56
28001 Madrid

© 2011 Michelle Reid
© 2018 Harlequin Ibérica, una división de HarperCollins Ibérica, S.A.
Legado de pasiones, n.º 2605 - 21.2.18
Título original: The Kanellis Scandal
Publicada originalmente por Mills & Boon®, Ltd., Londres.
Este título fue publicado originalmente en español en 2011

I.S.B.N.: 978-84-9170-589-5
Depósito legal: M-33522-2017
Impresión en CPI (Barcelona)
Fecha impresion para Argentina: 20.8.18
Distribuidor exclusivo para España: LOGISTA
Distribuidores para México: CODIPLYRSA y Despacho Flores
Distribuidores para Argentina: Interior, DGP, S.A. Alvarado 2118.
Cap. Fed./Buenos Aires y Gran Buenos Aires, VACCARO HNOS.

Capítulo 1

EL sonido constante de las llamadas de teléfono hizo que Anton Pallis se levantara de su escritorio con un gruñido de impaciencia y se acercara al gran ventanal desde el que tenía una vista privilegiada de Londres. En cuanto la sorprendente noticia de la muerte del hijo de Theo Kanellis había llegado a los titulares, el valor en Bolsa de su imperio económico, había caído en picado, y aquellos que lo llamaban en aquel momento pretendían que él siguiera el mismo camino.

–Aunque comprenda las implicaciones, Spiro –dijo al interlocutor de la única llamada que se había molestado en contestar–, no pienso unirme al pánico general.

–Ni siquiera sabía que Theo tuviera un hijo –dijo Spiro Lascaris, asombrado de no haber sido informado de un detalle tan importante y potencialmente peligroso–. Como todo el mundo, pensaba que tú eras su único heredero.

–Nunca he sido su heredero –dijo Anton, irritado consigo mismo por no haber desmentido los rumores cuando empezaron a circular, años atrás–. Ni siquiera somos familiares.

–¡Pero has vivido como si fueras su hijo los últimos veintitrés años!

Anton sacudió la cabeza, molesto por tener que dar explicaciones sobre su relación con Theo.

—Theo se limitó a cuidar de mí y proporcionarme una educación.

—Además de apoyarte económicamente con el grupo de inversiones Pallis —apuntó Spiro—. No dirás que solo lo hizo por bondad.

Reprimió el impulso de añadir «puesto que no tenía corazón». Theo Kanellis se había ganado su reputación por destruir imperios empresariales de la competencia, no por apoyarlos.

—Admítelo, Anton —añadió—: Theo Kanellis te formó desde los diez años para que lo sustituyeras.

Anton se enfureció.

—Tu trabajo es acabar con los rumores que cuestionen mi relación con Theo, no alimentarlos.

Al instante se dio cuenta de que había ofendido a Spiro, su más cercano colaborador, pero era tarde para arrepentirse.

—Por supuesto —replicó este—. Me pondré a ello enseguida.

La conversación terminó con frialdad. Anton colgó el teléfono y, aunque se puso a sonar de inmediato, lo ignoró. Todo aquel con algún interés en el mundo de las finanzas quería conocer de primera mano qué implicaba la muerte de Leander Kanellis, el hijo repudiado por Theo y recién descubierto por la prensa, para su posición en Kanellis Intracom.

Eso era lo que les preocupaba, y no su relación con Theo. Llevaba dos años al mando de sus asuntos, desde que el anciano se había retirado a vivir a una isla privada por la gravedad de su estado de salud, que por el momento habían logrado ocultar.

Y eso era lo único positivo a lo que podía aferrarse, porque las acciones de Kanellis no soportarían el golpe que supondría saber que Theo estaba demasiado enfermo como para seguir la marcha de sus negocios. Por esa misma razón, no se había molestado en negar los rumores de que Theo lo preparaba para dirigir su imperio cuando lo sucediera.

Maldiciendo, levantó el teléfono y llamó a Spiro para asegurarse de que no compartiría con nadie la información que acababa de darle y este, sonando ofendido porque creyera necesario recordarle un principio tan básico, le prometió que jamás divulgaría información confidencial.

Anton colgó, se asentó en el escritorio y miró al suelo. Se sentía como un malabarista: una de las bolas que tenía que mantener en el aire eran los intereses empresariales de Theo y los suyos propios; la otra, su propia integridad y honor. Y surgía una tercera, mucho más impredecible, que representaba a Leander Kanellis, un hombre al que Anton solo recordaba vagamente, que había escapado a la edad de dieciocho años de un matrimonio concertado, y del que no habían vuelto a saber nada.

Hasta aquel momento, en el que habían recibido la noticia de que había fallecido. Pero ni siquiera era eso lo que estaba causando el caos generalizado, sino el descubrimiento de que Leander había dejado una familia y herederos legítimos de Kanellis.

Alargando el brazo, Anton tomó el periódico sensacionalista que había dado la exclusiva y observó la fotografía que el periodista había publicado con el artículo. En ella aparecía Leander Kanellis con su familia en una excursión. En el fondo se veía un lago y

árboles, y el sol brillaba. Sobre un deportivo antiguo
había una cesta de picnic y delante del coche aparecía Leander, moreno, alto y muy atractivo, extremadamente parecido al Theo de varias décadas atrás.

Leander sonría a la cámara con expresión de felicidad, y orgulloso de las dos mujeres rubias que
tenía a cada lado. La mayor, su esposa, era una mujer hermosa, con una expresión serena que contri-
buía a explicar la duradera relación de la pareja a
pesar de las dificultades a las que se habían enfren-
tado en comparación con lo que habrían vivido si
Theo no hubiera…

Anton cortó esa línea de pensamiento por la culpabilidad que despertaba en él. Desde los ocho años
había recibido todo lo mejor que la riqueza de Theo
podía proporcionar, mientras que aquellas personas
habían tenido que luchar para…

Volvió a bloquear su mente porque todavía no
estaba en disposición de analizar en qué medida le
afectaría la nueva situación.

Prefería pensar en la felicidad de Leander, porque al menos eso era algo de lo que había podido
disfrutar y que él apenas había atisbado esporádica-
mente. Una felicidad que irradiaban las tres personas que aparecían en la fotografía.

Anton se concentró en la otra mujer. Aunque la
fotografía debía de ser antigua, puesto que no parecía
tener más de dieciséis años, Zoe Kanellis ya apunta-
ba a convertirse en una mujer tan bella como su madre. Tenía la misma figura esbelta, su cabello dorado, sus ojos azules, y una sonrisa amplia y sensual.

«Felicidad». La palabra lo golpeó en el pecho.
Otra fotografía acompañaba al artículo, en la que se

veía la versión de veintidós años de Zoe, saliendo del hospital con el último miembro de la familia en brazos. El dolor y la consternación habían borrado la felicidad de su rostro. Estaba pálida y delgada, y parecía exhausta.

Zoe Kanellis, dejando el hospital con su hermano recién nacido, decía el pie de foto. La joven de veintidós años estaba en la universidad de Manchester cuando sus padres se vieron implicados en un fatal accidente de tráfico la semana pasada. Leander Kanellis murió al instante. Su esposa, Laura, vivió lo bastante como para dar a luz a su hijo. La tragedia tuvo lugar en…

Una llamada a la puerta del despacho hizo que Anton levantara la cabeza al tiempo que entraba su secretaria, Ruby,

–¿Qué pasa? –preguntó él con aspereza.

–Siento molestarte, Anton, pero Theo está en la línea principal y quiere hablar contigo.

Anton dejó escapar una maldición y por una fracción de segundo se planteó no contestar. Pero eso era imposible.

–Está bien. Pásamelo.

Anton rodeo el escritorio y se sentó al tiempo que alzaba el teléfono y esperaba que Ruby le pasara la llamada. Desafortunadamente, la llamada confirmó su principal temor.

–*Kalispera*, Theo –saludó amablemente.

–Quiero a ese niño, Anton –oyó la voz dura e irascible de Theo Kanellis–. ¡Tráeme a mi nieto!

–No sabía que fueras una Kanellis –dijo Susie, mirando con expresión asombrada el famoso logo de Kanellis Intracom que encabezaba la carta que Zoe acababa de dejar caer despectivamente sobre la mesa de la cocina.

–Papá quitó el «Kan» al apellido cuando se instaló aquí –«porque temía que el matón de su padre lo localizara y lo obligara a volver a Grecia», pensó Zoe. Pero a Susie le dio otra explicación–: Pensó que Ellis sería más fácil de pronunciar en Inglaterra.

Susie mantenía los ojos abiertos como platos.

–¿Pero siempre has sabido que eras una Kanellis? Zoe asintió.

–Está en mi certificado de nacimiento –«y en el de Toby», añadió mentalmente–. Lo odio –dijo, conteniendo las lágrimas al recordar los dos certificados de defunción en los que estaba el mismo nombre.

–Olvídalo –Susie le apretó la mano afectuosamente–. No debería haberlo mencionado.

¿Y por qué no, si estaba en todos los periódicos gracias a un joven periodista que se había fijado en el apellido cuando cubría la noticia del accidente y se había molestado en investigar? Zoe pensó con amargura que la exclusiva le reportaría un ascenso o un mejor trabajo en uno de los grandes periódicos.

–Resulta extraño –dijo Susie, apoyándose en el respaldo de la silla mientras recorría con la mirada la cocina que hacía las veces de salón.

–¿El qué? –preguntó Zoe, parpadeando para contener las lágrimas.

–Que seas la nieta de un empresario griego multimillonario, pero vivas en un modesto piso al lado del mío en medio de Islington.

–Pues no pienses que esto va a ser un cuento de hadas en la vida real –levantándose de la mesa, Zoe llevó las dos tazas de café al fregadero–. Ni soy ni quiero ser Cenicienta. Theo Kanellis –Zoe jamás había pensado en él como su abuelo– no significa nada para mí.

–Pero en esta carta dice que Theo Kanellis quiere conocerte –señaló Susie.

–A mí no, a Toby.

Zoe se volvió y se cruzó de brazos. Había perdido peso durante las últimas semanas y su cabello, normalmente brillante y lustroso, colgaba mortecino de una cola de caballo que enfatizaba la tensión de sus facciones. Unas profundas sombras rodeaban sus ojos azules, y sus labios, que siempre habían tendido a la sonrisa fácil, habían adoptado una curva descendente que solo se alteraba cuando tomaba a Toby en brazos.

–¡Ese espantoso hombre repudió a su propio hijo! Jamás quiso conocer ni a mi madre ni a mí. La única razón por la que ahora se muestra interesado es porque le avergüenza que la prensa esté hablando de ello. Y supongo que porque pretende moldear a Toby para convertirlo en un clon de sí mismo, ya que con mi padre no lo consiguió –Zoe tomó aliento–. Es un hombre frío, cruel y déspota; ¡y no pienso dejar a Toby en sus manos!

–¡Vaya! –exclamó Susie–. Se ve que guardas resentimiento hacia él.

«Ni te lo imaginas», pensó Zoe con amargura. Con un mínimo apoyo por parte de su padre, el hijo de Theo no habría tenido que pasarse veintitrés años mimando y reparando el antiguo deportivo en

el que había huido a Inglaterra. Solo durante las noches recientes, cuando se despertaba visualizando el
espantoso accidente, se había dado cuenta de que su
padre se aferraba a aquel estúpido coche porque era
el único recuerdo que le quedaba de su hogar familiar. De haber sido su abuelo un hombre menos
cruel, quizá, solo quizá, su padre habría llevado a
su madre al hospital en un coche más nuevo y seguro, que los habría protegido del impacto que les había costado la vida. Ella seguiría estudiando su pos-
grado en Manchester y Toby estaría durmiendo en
la habitación que sus padres habían preparado para
él con tanto amor.

–Aquí dice que a las once y media llegará su representante –dijo Susie, refiriéndose al contenido
de la carta–. Debe de estar a punto de llegar.

Solo sería una más de las decenas de personas
que habían entrado y salido de la vida de Zoe en las
últimas semanas: médicos, comadronas, trabajadores
sociales de centenares de departamentos distintos
queriendo asegurarse de que estaba en condiciones
de cuidar de su hermano, cada uno de ellos con un
interminable cuestionario sobre su vida privada. Claro que dejaría la universidad para cuidar de Toby.
Por supuesto que estaba dispuesta a trabajar si el
sueldo incluía facilidades para cuidar del niño. No,
no tenía novio. No era promiscua ni irresponsable;
claro que no dejaría Toby solo en casa mientras ella
se iba de fiesta. Las preguntas se habían sucedido
una y otra vez, una tras otra, cada una más estúpida
que la anterior.

También estaba la gente de la funeraria, que con
amabilidad y delicadeza la habían ayudado a tomar

decisiones que a una hija sumida en el dolor le resultaban terriblemente complicadas. El entierro había tenido lugar tres días antes y su abuelo no se había molestado en enviar a ningún «representante» para ver cómo enterraban a su único hijo y a su nuera. Cualquiera que fuera el motivo, Zoe solo sabía que él había preferido permanecer en su torre de marfil mientras los periodistas se colaban en el funeral como depredadores.

Y eso la llevó al final de la lista de gente con la que se había obligado a tratar las últimas semanas: las cucarachas que aparecieron por todas partes en cuanto la historia vio la luz. Las que habían llamado a su puerta ofreciéndole dinero para que les vendiera la exclusiva, las que habían acampado fuera de su casa para acosarla cada vez que salía… Periodistas que no estaban allí porque les importara su trágica pérdida, sino porque Theo Kanellis era un magnate que protegía su vida privada férreamente, y aquella historia era tan jugosa como un melocotón maduro que deseaban morder aun cuando el zumo fuera amargo y en el centro hubiera un repugnante gusano.

De hecho, incluso el gusano tenía un nombre atractivo para la prensa: Anton Pallis, el sex symbol, alto y moreno que dirigía el grupo Pallis y al que no parecía importarle aparecer en los periódicos ya fuera por trabajo o por placer. Zoe había leído sobre él a menudo y había deducido que era el hombre que se había beneficiado del exilio de su padre.

Solo pensar en su nombre sentía que le hervía la sangre y más de una vez se había preguntado si el impulso destructor que la poseía y que la movía a alimentar el odio que sentía hacia él sería la manifestación de la parte griega de sí misma que hasta entonces nunca había reconocido.

El timbre de la puerta sonó y las dos mujeres se pusieron alerta.

–Puede que sea un periodista probando suerte – dijo Susie.

Pero Zoe intuyó que se trataba del representante de Theo. Eran las once y media en punto y los hombres adinerados esperaban que sus órdenes se cumplieran a rajatabla. Se cuadró de hombros, convencida de que por fin iba a averiguar qué pretendía Theo.

–¿Quieres que me quede?

Zoe miró a su vecina, que estaba en avanzado estado de gestación, y pensó que no podía pedirle más de lo que ya había hecho aquellas últimas semanas.

–Es casi hora de que vayas a buscar a Lucy –le recordó, consciente de que tenía que enfrentarse a aquello sola.

–¿Estás segura? –cuando Zoe asintió, Susie dijo–: Está bien. Me iré por la puerta de atrás.

El timbre volvió a sonar y las mujeres se movieron en direcciones opuestas. Zoe oyó cerrarse la puerta trasera en el momento que llegaba ante la puerta principal. Tenía la garganta seca y el corazón le latía aceleradamente. Se secó las manos húmedas de sudor en los vaqueros y, tras componer una expresión fría e impersonal, abrió.

Esperaba encontrarse con un hombre griego, bajo y robusto, con aspecto de abogado, así que cuando vio de quién se trataba, se quedó paralizada por la sorpresa

Alto y moreno, parecía un exótico príncipe vestido con un traje italiano. Sus facciones angulosas y sus ojos negros atraparon su mirada como un imán. Zoe no recordaba haber visto nunca unos ojos como aquellos, con el poder de hacerla temblar. Ni siquiera fue capaz de apartar de ellos la mirada cuando a su espalda oyó el griterío de los periodistas. Era tan alto que no podía verlos. Por su parte, él ni se inmutó, protegido como estaba por tres hombres con gafas oscuras que formaban un semicírculo a su espalda.

Cuando finalmente Zoe pudo apartar la mirada de sus ojos, la deslizó hacia una boca sensual que no sonreía. Un cúmulo de emociones la asaltó en un torbellino que no fue capaz de identificar. Estaba hipnotizada por el poder que emanaba de él, por sus anchos y relajados hombros, por la elegancia de su pose y por la seguridad en sí mismo que exudaba.

Por primera vez en tres semanas, fue consciente del aspecto desaliñado que presentaba, de que llevaba unos gastados vaqueros y una vieja rebeca roja, que se había puesto porque había pertenecido a su madre y su olor le recordaba a ella; y de que tenía el cabello sucio.

El hombre separó sus moldeados labios y dijo:

–Buenos días, señorita Kanellis. Si no me equivoco, me estaba esperando.

Su voz aterciopelada y un leve acento griego le recordaron tanto a su padre que Zoe sintió que se mareaba.

Anton le vio cerrar los ojos y al ver que se balanceaba temió que fuera a desmayarse. Presentaba un aspecto aún más frágil que el de la fotografía, como si un soplo de viento pudiera tirarla al suelo.

Mascullando algo, reaccionó instintivamente y alargó la mano para sostenerla, pero en ese momento ella abrió los ojos y dio un paso atrás como si repeliera a una serpiente.

La ofensa paralizó a Anton, que tuvo que hacer un esfuerzo sobrehumano para que su rostro no lo delatara. Consciente de que tenían detrás a la prensa, pensó con rapidez. Tenían que entrar en la casa y cerrar la puerta.

–¿Le importaría que…? –dijo en tono amable, dando un paso hacia dentro.

Una vez más, cuando fue a poner la mano en el picaporte para cerrar la puerta, Zoe retiró la suya precipitadamente para evitar que la tocara. Anton volvió a sentirse ofendido, pero se obligó a ocultarlo.

En cuanto se quedaron a solas, se hizo un profundo silencio. Zoe se alejó de él y Anton no pudo evitar pensar que parecía un pájaro atrapado.

Tenía unos increíbles ojos azul eléctrico y unos labios rojos como fresas. La parte inferior de su cuerpo se despertó al mirarla y Anton se reprendió por sentirse excitado en un momento tan inoportuno.

–Le pido disculpas por haber entrado en su casa sin ser invitado –dijo con voz grave–, pero no creo que quiera testigos de nuestra conversación.

Ella guardó silencio y se limitó a mirarlo con sus ojos de largas pestañas, aunque Anton tuvo la extraña sensación de que ni siquiera lo veía.

–Permítame que me presente. Mi nombre es…

–Sé quién es –dijo Zoe con voz temblorosa.

Era el hombre cuyo nombre había aparecido en la prensa casi tantas veces como el suyo; el hombre con el que Theo Kanellis había sustituido a su padre.

–Es Anton Pallis.

El hijo adoptivo y heredero de Theo Kanellis.

Capítulo 2

S E produjo un silencio cargado de animadversión por parte de Zoe, que apenas podía ocultar el desprecio que sentía por Anton.

Este esbozó una sonrisa.

—Así que ha oído hablar de mí.

Zoe le dedicó una sonrisa cargada de desdén.

—Tendría que ser sorda y ciega para haberlo evitado, señor Pallis —dijo, al tiempo que daba media vuelta e iba hacia la parte trasera de la casa.

Anton aprovechó para mirar a su alrededor. La casa era pequeña, una típica construcción victoriana en cuyo vestíbulo había una estrecha y empinada escalera y dos puertas de pino que daban a acceso a otras tantas habitaciones. Estaba agradablemente decorada y el suelo cubierto por una moqueta de color beige, pero Anton jamás habría imaginado que el hijo de un multimillonario hubiera acabado viviendo así.

Sin mediar palabra, Zoe salió por la puerta del fondo y, respirando profundamente, Anton decidió seguirla. La encontró en una cocina sorprendentemente amplia que hacía las veces de salón, con un rincón de estar en el que había un sofá y un sillón azules. Una televisión ocupaba una esquina y, sobre la mesa de café, estaban desplegados varios periódicos. La otra mitad de la habitación la ocupaba una gran mesa de madera rodeada de muebles de cocina de pino. En los estantes se veía la parafernalia propia de un bebé, y junto al sofá, una cuna vacía.

—Está durmiendo arriba —dijo Zoe al seguir la dirección de su mirada—. El ruido que hacen los periodistas le altera —explicó—, así que lo he instalado en el dormitorio que da al jardín, que es el más silencioso.

—¿No ha llamado a la policía para que les impida acosarla?

Zoe lo miró perpleja.

—No somos la familia real, señor Pallis. Y los periodistas no atienden a razones. Ahora, si me disculpa…

Sintiéndose como si hubiera sido reprendido por su maestra, Anton la vio salir por la puerta trasera. Por una fracción de segundo, pensó que iba a huir, pero por la ventana vio que recorría el alargado y estrecho jardín hasta una puerta de madera y la cerraba. En ese momento se dio cuenta de que Zoe debía vivir como una prisionera en su propia casa, y al mismo tiempo no pudo evitar preguntarse si la última persona que había salido por allí, justo antes de que él llegara, habría sido un amante.

Por alguna extraña razón, imaginar a Zoe en brazos de un hombre lo perturbó. Los planes que tenía para Zoe Kanellis no incluían la molestia de tener que librarse de un amante.

Tras cerrar la puerta que Susie había dejado abierta, Zoe se tomó unos segundos para recuperar la calma. La aparición de Pallis y que su voz le recordara tanto a la de su padre la había dejado abatida y llorosa. Para darse más tiempo, descolgó la ropa que había tendido aquella mañana. No podía permitirse ser vulnerable. Estaba segura de que Anton Pallis estaba allí para hacerle una oferta que estaba decidida a rechazar, y para eso, tenía que sentirse fuerte.

Con ojos llorosos, invocó a su padre, deseando tenerlo a su lado, con su característica amabilidad, delicadeza y su discreta elegancia. Él habría sabido cómo tratar a alguien como Anton Pallis, sobre todo con el apoyo de su hermosa mujer.

Pero Zoe se recordó que no se encontraría en aquella situación si no hubieran fallecido, y que solo quedaba ella para proteger a Toby de las garras de Theo Kanellis, cuyo emisario la esperaba en el interior.

Cuando entró en la cocina, Anton Pallin estaba guardando el móvil en el bolsillo. Su poderosa presencia hacía que el espacio a su alrededor se empequeñeciera. Todo en él era perfecto: el traje que lo envolvía sin formar una sola arruga, sus facciones equilibradas, su cabello negro y brillante, su mandíbula rotunda, inmaculadamente afeitada.

En ese momento la miró y, al sentirse descubierta observándolo, Zoe sintió un escalofrío.

—He organizado un servicio de seguridad para que mantenga a los periodistas a raya.

—¡Qué bien! —dijo Zoe, dejando la colada sobre la mesa—. Ahora Toby y yo vamos a ir rodeados de matones en lugar de periodistas. ¡Muchas gracias!

Al percibir la irritación que causaba en él su sarcasmo, se puso a doblar ropa.

—¿Quiere que haga algo más? —preguntó él.

Zoe se dio cuenta de que no era una pregunta retórica, sino una genuina oferta.

–No recuerdo haberle pedido nada –dijo, enco-giéndose de hombros–. ¿Quiere un café antes de de-cirme lo que haya venido a decir?

Anton entornó los ojos, consciente de que se ha-bía equivocado al considerarla frágil. Aunque la desgracia la hubiera debilitado físicamente, Zoe Kanellis era una mujer fuerte y con una lengua muy afilada, lo que no debía sorprenderlo, puesto que, al fin y al cabo, era la nieta de Theo.

Además, era obvio que lo odiaba y que proba-blemente odiaría a Theo. Si, por otro lado, era tan inteligente como dejaba traslucir su currículum, de-bía saber por qué estaba allí y estaría preparada para pelear.

–Su abuelo…

–Un momento –Zoe se volvió hacia él, mirándo-lo fríamente–. Dejemos una cosa clara, señor Pallis, el hombre al que se refiere como mi abuelo no sig-nifica absolutamente nada para mí, así que es mejor que se refiera a él por su nombre,… O aún mejor, que ni siquiera lo mencione.

–Eso pondría fin a esta conversación sin siquiera comenzarla –dijo él con sarcasmo.

Zoe se encogió de hombros y siguió doblando ropa mientras Anton la observaba, preguntándose cómo enfocar el problema, dado el desprecio que ella sentía hacia un hombre al que ni siquiera cono-cía.

–Pensaba que enviaría a un abogado –dijo Zoe.

–Yo soy abogado –contestó él–. O al menos me gradué para serlo, aunque apenas he tenido tiempo para dedicarme a ejercer.

–¿Está demasiado ocupado haciendo de magnate?

Anton sonrió.

–Vivo aceleradamente –admitió–. Viajo demasiado como para poder hacer el ejercicio de concentración que exige la ley. Tengo entendido que su campo es la astrofísica… Resulta sorprendente.

–Al menos lo era –dijo Zoe–. Pero antes de que me cuente lo sencillo que me resultaría retomar mis estudios, permítame que le aclare que no pienso entregar a mi hermano ni por todo el oro del mundo.

–No tenía la menor intención de hacerle esa oferta, ni de explicarle lo que ya sabe.

–¿El qué?

–Que podría solicitar una beca para cuidar del niño mientras continua sus estudios. También sé que no puede continuar en esta casa porque el seguro de vida de sus padres no incluía el pago de la hipoteca.

Zoe lo miró indignada. ¿Quién le daba derecho a hablar de su vida privada?

–¿Le ha dicho su jefe que mencionara ese tema?

–¿Mi jefe? –preguntó Anton, enarcando una ceja.

–Theo Kanellis. El hombre que le ha proporcionado una vida privilegiada, convirtiéndolo en su chico-para-todo.

Zoe tuvo por fin la satisfacción de ver un resplandor de ira en los ojos de Pallis.

–Su abuelo está viejo y enfermo y no puede viajar.

–Pero no lo bastante viejo ni enfermo como para dejar de comportarse como un déspota –apuntó ella.

–¿No siente la más mínima compasión?

–Ninguna. De hecho ni siquiera me importaría

que hubiera venido a decirme que estaba a punto de morir –dijo Zoe con firmeza al tiempo que ponía agua a calentar.

Anton aprovechó para observarla y medirla como adversaria.

–Lo cierto es que en otras circunstancias no se habría molestado en ponerse en contacto conmigo, ¿verdad? –continuó Zoe, volviéndose en el momento en que Anton desviaba la mirada–. Ahora quiere poder moldear a Toby para que sea más digno de llevar el apellido Kanellis que mi padre.

Zoe vio que Pallis abría sus preciosos labios pero se arrepentía y volvía a cerrarlos. Contemplándolos como si la hipnotizaran, se preguntó cuántos años tendría y calculó que apenas superaría la treintena.

–Siente usted mucha amargura –observó Anton.

–En veintidós años no he oído una palabra de él –replicó ella–. Y no se le ocurra decir que la culpa la tiene mi padre o le echaré de esta casa.

Se hizo un silencio durante el que Zoe no pudo apartar la mirada del imperturbable rostro de Anton. Tenía el corazón acelerado y se le puso la carne de gallina mientras esperaba a su reacción. Cuando él dio un paso hacia adelante, ella alzó la barbilla en actitud desafiante, aunque era consciente de haber ido demasiado lejos.

–No me toque –dio un paso atrás, pero no pudo evitar que Anton la tomara por la muñeca.

Solo se dio cuenta de lo que iba a hacer cuando alargó la otra mano para quitarle cuidadosamente el cuchillo que había estado blandiendo sin darse cuenta, y lo dejó sobre la encimera.

El movimiento lo aproximó a ella, haciéndola aún más consciente de su envergadura y permitiéndole aspirar su masculina fragancia.

–Está bien, señorita Kanellis –musitó él–. Partiendo del hecho de que nos caemos mal, le aconsejo que se limite a clavarme sus palabras y no un cuchillo. No le gustaría que se produjera un derramamiento de sangre.

Zoe se ruborizó.

–No pretendía…

–Me refería a la suya, Zoe –susurró él, mirándola con soberbia mientras la mantenía sujeta por unos segundos antes de soltarla y retroceder.

Zoe se sintió desconcertada al verlo relajarse y esbozar una sonrisa.

–Y ahora, le acepto el café que me ha ofrecido antes.

Aturdida por aquella demostración de seguridad en sí mismo, Zoe se quedó mirándolo mientras él se sentaba pausadamente en una silla, como si quisiera remarcar el contraste este sus corteses modales y la insolente brusquedad de ella.

Zoe apretó los dientes, enfadada consigo misma por haber perdido el control y concentrándose para recuperar la calma mientras preparaba dos cafés instantáneos.

–¿Leche y azúcar? –preguntó.

–No, gracias.

–¿Una galleta? –Zoe sonrió para sí, pensando en lo contenta que estaría su madre de que, a pesar de todo, se comportara como una buena anfitriona.

–¿Por qué no?

Zoe puso sobre la mesa las dos tazas y un plato

con galletas, y se sentó frente a él. El sol que entraba por la ventana se reflejó en la piel dorada de los
dedos de Anton cuando rodearon la taza.

Zoe sentía un nudo en el estómago cuya causa
conocía perfectamente: ella, que evitaba por regla
general todo conflicto, parecía empeñada en provocar una pelea con Anton Pallis a pesar de que en
el fondo sabía que él no era culpable de la situación.

—Chivo espiratorio —dijo Anton. Y Zoe alzó la
cabeza, sorprendida. Él la miró fijamente y conti-
nuo—: Necesita descargar su ira en alguien y yo estoy a mano. Pero su lucha no es contra mí, sino
contra Theo.

Zoe lo miró con desdén.

—Dígame, ¿qué se siente al ocupar el lugar de mi
padre?

Anton comprendió la verdadera razón por la que
ella lo odiaba tan profundamente, un sentimiento
que había intuido desde el momento que le había
abierto la puerta. Para ella, él era la causa de que su
abuelo no hubiera hecho ningún esfuerzo por recon-
ciliarse con su padre.

El llanto de un niño se impuso sobre la tensión
que electrizaba el ambiente. Zoe se levantó de un
salto y salió.

Una vez a solas, Anton se quedó pensativo. Zoe
había pretendido insultarlo al mencionar que había
sustituido a su padre, y la acusación contenía algo
de verdad. Nunca sabrían que habría sucedido de no
haber estado él para ocupar el vacío que dejó Leander.

Anton maldijo entre dientes la testarudez de

Theo, que lo colocaba en una situación tan incómoda y en tan mala posición para defenderse.

El dormitorio de Toby era casi tan pequeño como la cuna que ocupaba el centro, pero era bonito y confortable. Estaba decorado en blanco y azul, con algún toque de rojo intenso. Zoe había intentado convencer a sus padres de que lo instalaran en su dormitorio, puesto que ella estaba en la universidad la mayoría del tiempo, pero ellos habían insistido en mantenerlo intacto para ella.

Sus padres habían buscado tener aquel niño durante veinte años, y justo cuando se habían dado por vencidos, aquel ángel había sido concebido. Y Zoe lo amaba con todo su corazón.

Cuando lo tomó en brazos, estaba mojado e inquieto, pero se tranquilizó en cuanto reconoció la voz de Zoe.

–Nadie nos va a separar, cariño –le susurró ella.

Después de cambiarle el pañal, bajó con él. Al llegar a la planta baja se dio cuenta de que se había elevado el volumen del ruido procedente del exterior y se preguntó qué habría causado el revuelo.

La razón, se dio cuenta, estaba en la cocina, mirando por la ventana. Debía haber corrido la voz de que Anton Pallis estaba allí. Solo faltaba que un helicóptero aterrizara en el jardín y de él bajara Theo Kanellis para que los sueños de los periodistas se hicieran realidad.

¡Encuentro de millonarios griegos en una modesta casa de Islington!, redactó como titular Zoe al tiempo que sacaba un biberón del frigorífico.

El millonario que estaba en su cocina hablaba en aquel momento por teléfono y una vez más ella sintió un hormigueo en el estómago al mirarlo, que se negaba a aceptar como atracción aunque no le costara admitir que era un hombre muy atractivo.

Apartando la mirada, le oyó hablar en griego. Parecía enfadado y, cuando se volvió al oírla, su rostro se contrajo en un gesto de impaciencia. Tras dar por terminada la conversación bruscamente, apoyó la espalda en el fregadero y marcó otro número.

En lugar de prestar atención a la conversación, Zoe se sentó en el sofá, puso los pies en alto y se concentró en dar el biberón a Toby.

Apenas hacía media hora que conocía a aquel hombre y, sin embargo, aquella escena le resultó de una inaudita naturalidad: ella alimentando al bebé mientras él daba instrucciones con firmeza en lo que sonaba a ruso.

«Una tierna escena doméstica», se dijo, sonriendo para sí con sarcasmo a la vez que tomaba la manita de Toby y la besaba.

Anton terminó de hablar y se hizo un silencio en el que se oyó el segundero del reloj de pared y el motor del frigorífico. Había una tensión en el aire que Zoe atribuyó a sus últimas palabras, de las que se había arrepentido al instante. No tenía derecho a acusar a aquel hombre de ser el hijo sustituto de Theo Kanellis. No hacía falta ser un genio para calcular que debía de ser un niño cuando su padre había huido. Y su padre siempre había dicho que se había marchado por voluntad propia y que no tenía el menor deseo de volver.

Anton no recordaba haberse sentido nunca tan incómodo como en la casa de Leander Kanellis. El comentario de Zoe lo había afectado profundamente.

–Usted y su hermano podrían tener todo lo que quisieran –se oyó decir, dejando que tomara las riendas el negociador que había en él.

Zoe lo miró por encima del respaldo del sofá.

–¿A qué precio? –preguntó por pura curiosidad.

Anton se acercó hasta el sillón que había junto al sofá y, tras pedir permiso con la mirada, que ella concedió con un encogimiento de hombros, se sentó. Pero antes de que hablara, Zoe se adelantó:

–Siento lo que he dicho antes. He sido muy injusta.

–No se disculpe. Tiene derecho a decir lo que siente. Además, sabe por qué estoy aquí.

–Quizá debería decírmelo claramente para que no haya malentendidos.

Aunque no se tratara de un cese de hostilidades, Anton lo tomó como una vía abierta a la negociación, un terreno en el que se sentía mucho más cómodo.

–Estoy aquí para negociar los términos en los que accedería a entregar a Theo a su nieto. Usted puede acompañarlo o, si lo prefiere, seguir con sus estudios.

–Dígale que se lo agradezco, pero que Toby y yo no vamos a ninguna parte.

–¿Y si Theo decidiera ir a juicio para conseguir la custodia del niño?

–Soy su tutora legal y dudo que a Theo le compense la mala prensa que le acarrearía enfrentarse a mí.

–¿Está segura? –preguntó Anton, mirándola fijamente.

–Desde luego.

Anton era de la misma opinión. Apretó los labios y buscó otro ángulo de aproximación.

–Theo no es un mal hombre. Es testarudo y a veces difícil, pero es honesto y jamás sería cruel con un niño.

–Pero no fue capaz de enviar un representante al funeral de su propio hijo.

–Porque usted lo habría echado.

–Es posible –dijo ella con un encogimiento de hombros.

En ese momento Toby gimoteó, y ella, dejando el biberón a un lado, lo colocó sobre su hombro al tiempo que le frotaba la espalda. Anton los observó y, al contemplar la fragilidad de ambos, se sintió como el mensajero del diablo, enviado para robar al bebé.

–Su abuelo está muy enfermo y no puede viajar.

Zoe echó por tierra un gesto que Anton interpretó como de compasión al decir:

–Se ve que lleva enfermo veintitrés años.

Anton no fingió no comprenderla.

–Su padre…

–¡Ni se le ocurra culpar a mi padre! –exclamó ella con ojos centelleantes–. No está aquí para defenderse, así que mencionarlo es despreciable.

–Le ofrezco mis disculpas –dijo Anton al instante.

–No las acepto –replicó Zoe, sintiendo que la sangre le hervía.

Toby emitió otro gemido y, tumbándolo de nuevo sobre el brazo, Zoe le ofreció el biberón.

Anton los observó fascinado por un instante. No tenía ninguna experiencia con niños, pero desde donde lo contemplaba, aquel bebé era griego de los pies a la cabeza: el cabello negro, la piel cetrina...

–Ese niño se merece la mejor vida posible, Zoe –Anton sabía por experiencia que era verdad–. Impedir que lo tenga porque se niega a perdonar los pecados de su abuelo es de un egoísmo extremo, además de una profunda equivocación.

–¿Por qué no cierra la boca y se marcha? –gritó Zoe a pleno pulmón, haciendo que Anton se sobresaltara y Toby rompiera a llorar.

Capítulo 3

LO odio –susurró Zoe a continuación antes de tomar aire para contener las lágrimas y calmar al bebé.

–Porque sabe que tengo razón –insistió Anton–. Sabe que no puede mantener esta casa y que tendrá que mudarse a una todavía más modesta.

Sonó su móvil y Anton, dirigiéndose hacia la cocina, lo tomó con gesto de impaciencia. Se trataba de Kostas, el jefe de su escolta, que le advertía de que los ánimos empezaban a calentarse en el exterior.

–Los vecinos están indignados –dijo Kostas–. No aguantan la manera en que su vida se está viendo afectada.

Sonó otro teléfono. Anton vio a Zoe contestarlo, y cómo palidecía a medida que escuchaba.

–Está bien Susie –masculló–. Sí, gracias por advertirme.

–Cada día es peor –dijo Susie, al otro lado de la línea–. No podemos aparcar en nuestra propia calle. Llaman a nuestras puertas. Nos acosan en cuanto salimos. Lucy se ha puesto a llorar esta tarde porque nos han zarandeado al llegar a casa.

Toby suspiró sobre su hombro y Zoe sintió que las piernas le temblaban. Con los párpados y el corazón pesados, intentó pensar en algo que decir a modo de disculpa, pero no lo encontró. Finalmente, agradeció que unas manos de dedos largos tomaran el auricular de su mano y colgaran por ella.

–Vaya a sentarse –dijo Anton, quedamente.

En lugar de discutir, Zoe volvió al sofá y le oyó a hablar a su espalda. Sonaba idéntico a su padre, y Zoe no pudo contener el llanto por más tiempo. Nunca se había sentido tan desesperada ni tan sola. Echaba de menos a sus padres. Echaba de menos a su padre llegando cada tarde con el mono de mecánico, siempre sonriente. Echaba de menos a su madre, que corría a recibirlo y a fundirse con él en un abrazo. Echaba de menos la alegría y el bienestar de estar sentados en el sofá, viendo la televisión. Pero sobre todo, echaba de menos el amor que habían compartido en aquella modesta y casi siempre desordenada casa. Un amor que Toby nunca llegaría a conocer.

El sofá se hundió cuando Anton se sentó a su lado, le pasó un brazo por los hombros y la cobijó contra su costado. Toby dormía profundamente.

–Escucha, Zoe –dijo él, dulcificando su tono y tuteándola por primera vez–. Sabes que no puedes seguir aquí. La situación es insostenible.

–Haz que se vayan –Zoe lloró sobre su hombro.

–Me encantaría poder hacerlo, pero no tengo poder.

–Tu presencia lo ha empeorado aún más.

–Entonces permíteme que te ofrezca ayuda. Tengo una casa aislada y protegida a la que podemos llegar en una hora. Es una oferta sin ninguna condición y sin compromiso de ningún tipo por tu parte –

aclaró cuando ella se separó de él–. Considérala como un refugio temporal mientras te recuperas antes de que sigamos negociando.

Anton supo que lo escuchaba a pesar de que no reaccionara, así que continuó:

–Piénsalo bien –le ofreció un pañuelo. Ella le proporcionó un primer pequeño triunfo al aceptarlo–. Esto no tiene nada que ver con Theo. Será tu refugio. Yo ni siquiera estaré porque me voy de viaje. Estarás sola con Toby.

Anton sabía que no estaba diciendo toda la verdad. Su instinto depredador había entrado en acción en cuanto Zoe Kanellis se había mostrado vulnerable.

Zoe intentaba convencerse de que no debía aceptar la oferta de Anton. Se odiaba por no haber contenido el llanto. Anton sabía cómo acorralar a su víctima. No era tan tonta como para confiar en su promesa de que le proporcionaba un refugio «sin compromiso» de ningún tipo. Tenía la seguridad de que la actitud compasiva que había adoptado era fingida, y de que lo que buscaba era hacerse con el control de la situación.

Pero tenía razón en que era imposible seguir en aquella casa sometidos al acoso de la prensa. Bastó que pensara en el mal rato que había pasado Lucy para que volviera a llorar.

–Tienes que prometerme que no me presionarás –dijo, secándose la nariz con el pañuelo.

–Te lo prometo.

–Y que no le dirás a mi abuelo dónde estoy.

¿Sería consciente de que por primera vez había pronunciado la palabra prohibida: «abuelo»?

–Eso va a ser difícil, pero lo intentaré en la medida de lo posible.

–Y cuando quiera volver a casa, no me lo impedirás.

–Palabra de boyscout –dijo Anton.

Zoe alzó los ojos y lo miró a través de sus humedecidas pestañas. Él respondió a su eléctrica mirada azul con un guiño, y Zoe estalló en una carcajada. Anton pensó que le gustaba Zoe Kanellis y su valentía frente a la adversidad. Y también le gustaba en otros sentidos, aunque debía ignorarlos por totalmente inadecuados.

Aun así, no pudo resistir la tentación de hacerle otro gesto afectuoso, retirándole un mechón de cabello tras la oreja. Zoe no se inmutó. Y Anton se dio cuenta de la ironía de que dos enemigos hubieran acabado sentados en el sofá, mirándose como si les resultara imposible romper el contacto visual.

Fue él quien primero desvió la mirada, y se puso en pie pausadamente.

–Dime qué hay que hacer –dijo con aire decidido y recuperando la capacidad de reacción.

Zoe lo vio mirar la hora y sacar el móvil del bolsillo.

–Tengo que reunir algunas cosas de Toby y mías, y necesito una ducha y cambiarme de ropa –dijo ella, imitándolo para ignorar la súbita confusión que la invadió.

–Ve y organízate –dijo Anton–. Yo cuidaré de Toby.

Zoe fue a poner en duda sus habilidades como canguro, pero Anton ya hablaba en el teléfono de nuevo. Encogiéndose de hombros, salió de la cocina. Una parte de ella cuestionaba la sensatez de ponerse en manos del enemigo, pero no se encontraba en condiciones de analizarlo más profundamente. Así que preparó el equipaje y se dio una ducha.

Para cuando volvió a la cocina, un hombre corpulento con traje negro acompañaba a Anton. Ambos callaron en cuanto ella entró. Zoe los miró alternativamente, pasando del rostro impasible del recién llegado, al de Anton, igualmente inescrutable. Hasta sus ojos parecían velados.

Aquellos ojos la inspeccionaron de arriba abajo, y Zoe creyó ver un nervio temblar en la comisura de sus labios, que se desplegaron en una breve sonrisa.

—Este es Kostas Demitris, mi jefe de seguridad —dijo Anton.

Volviendo la mirada hacia el otro hombre, Zoe inclinó la cabeza a modo de saludo y él la imitó.

—Kostas se asegurará de que tu casa quede segura después de nuestra partida —continuó Anton, reclamando su atención—. Si hay algo que necesites y que no podamos llevar con nosotros, díselo y te lo mandará. Y será mejor que lleves contigo cualquier documento de carácter personal.

Zoe fue a pedirle una explicación, pero él se le adelantó.

—Por muchas medidas que tomemos, no podemos estar seguros de que no vaya a entrar algún tipejo en busca de una nueva exclusiva.

Zoe fue a protestar, espantada con la idea de alguien husmeara entre sus cosas, pero Anton volvió a adelantársele:

—Solo es por precaución. Kostas es muy meticuloso.

Este asintió con la cabeza y dijo:

–Anton está acostumbrado a este tipo de medidas. Es el inconveniente de ser una figura pública.

Los dos hombres la miraron en espera de su consentimiento y Zoe volvió a cuestionarse si hacía bien cediéndole el control, pero recordó a Lucy y, al borde de las lágrimas, asintió. Luego fue a por Toby y se alegró de que, al agacharse para levantarlo, el cabello le ocultara el rostro.

Anton aspiró el fresco olor a manzanas que ascendió del brillante cabello de Zoe y casi le resultó imposible mantener su libido bajo control, un ejercicio en el que había tenido que concentrarse desde el momento en que ella había entrado en la cocina.

La criatura pálida y abatida de hacía media hora no tenía ninguna similitud con la espectacular belleza que tenía ante sí. La fea rebeca, los vaqueros gastados y el cabello mortecino habían sido sustituidos por un vestido de punto gris que se deslizaba sobre su cuerpo y acababa a la mitad de sus torneados y esbeltos muslos. El resto de sus piernas estaban cubiertas por unas finas medias sin talón; y sus delicados tobillos se elevaban sobre unos zapatos negros.

–Espero que sepas lo que haces –masculló Kostas a Anton en griego, que con su aguda capacidad de observación había notado el efecto que Zoe tenía sobre él.

–Tú concéntrate en tu trabajo –replicó Anton.

–Es una…

–Creo que ha llegado el momento de decir que soy bilingüe –dijo Zoe en un fluido griego, clavando en ellos sus ojos azules como dos dardos–. Y espero que sepas lo que haces, Anton, porque si crees que me estás ablandando para doblegar mi voluntad, estás muy equivocado.

Zoe vio ensombrecerse el rostro de Kostas de soslayo, mientras que Anton, sin inmutarse, se apoyó en actitud relajada contra el fregadero y metió las manos en los bolsillos. El movimiento ajustó el traje a su musculoso torso, que cubría una inmaculada y reluciente camisa blanca de cuyo cuello colgaba una fina corbata de seda. Una sensual punzada atravesó el vientre de Zoe a medida que deslizó su mirada por sus caderas estrechas y sus largas piernas, que acababan en unos zapatos de cuero hechos a mano.

–¿Entonces no odias todo lo griego? –preguntó él divertido, obligando a que Zoe alzara la vista hasta sus ojos negros.

Desvió la mirada con la respiración ligeramente alterada.

–Eso significaría odiar a mi padre.

–Y a ti misma, puesto que eres medio griega – dijo él. Y sin cambiar de tono, añadió–: Kostas, ponte a trabajar.

Este se puso en movimiento, y como si temiera quedarse a solas con un animal salvaje, Zoe se apresuró a preguntar:

–¿Puedo indicarle lo que hay que llevar? Está todo en el piso de arriba, junto con la carpeta con documentos personales.

Y salió detrás de Kostas, dejando a Anton, solo, con una sonrisa bailándole en los labios.

Todo rastro de humor lo había abandonado cuando se reunieron de nuevo en el vestíbulo media hora más tarde.

Kostas estaba ante la puerta mientras él se pegaba a la pared y observaba de soslayo a Zoe, que intentaba abrocharse con dedos temblorosos una chaqueta negra. Toby, ajeno a la tensión que lo rodeaba, dormía en su sillita de coche.

Anton sentía como un constante cosquilleo en los dedos el deseo de tocar a Zoe para tranquilizarla. Era evidente que actuaba en contra de su voluntad, que en la media hora que había transcurrido la había asaltado la duda y que la única razón por la que no cambiaba de opinión era la perspectiva de un refugio seguro.

Kostas habló brevemente por teléfono e hizo una señal a Anton. Este asintió con la cabeza sin dejar de pensar que estaba mintiendo a sabiendas, pero excusándose en la convicción de que hacía lo mejor para Zoe y para el niño.

—Mi coche está aparcado delante de la puerta —dijo en tono tranquilo—. Mi gente abrirá un pasillo para que lo alcancemos. Supongo que los periodistas resultarán intimidantes, pero el truco es mantener la mirada fija en la puerta del coche y dirigirte a ella.

Zoe apretó los labios y asintió para darle a entender que comprendía.

—Intenta recordar que se marcharán en cuanto nos vayamos y que tus vecinos recuperarán la calma.

Tras mirar a Toby, que dormitaba en su sillita, Zoe volvió a asentir.

—¿Me permites que me ocupe de tu hermano? —preguntó Anton.

Ella lo miró y Anton vio que sus ojos ardían de

ansiedad y miedo. Sin poder contenerse, posó un dedo bajo su barbilla y le alzó el rostro.

–Confía en mí –dijo.

–Muy bien –dijo ella, temblorosa.

La expresión de Anton se endureció al tiempo que se agachaba para tomar la sillita de Toby por el asa. Al incorporarse, miró a Kostas, que tras dar unas instrucciones por teléfono, abrió la puerta.

Zoe sintió que el corazón se le iba a salir por la boca aun antes de salir. Kostas bloqueó la luz que se proyectaba sobre el porche; Anton le pasó un brazo por los hombros, la atrajo hacia sí y salieron juntos con paso decidido y la cabeza gacha. Zoe actuó como él le había instruido y se concentró en el hombre que abría la puerta de la limusina.

Vio flashes, se oyeron gritos y percibió una multitud arremolinándose.

–¿Qué se siente al ser la nieta de Theo Kanellis?

–Anton, ¿cuándo te enteraste de que no heredarías su fortuna?

–¿Es verdad de que Theo Kanellis quiere al niño?

Anton protegió le cuerpo de Zoe hasta dejarla sentada, luego dejó la silla de Toby y a continuación se sentó él. Su hombre cerró la puerta. Zoe abrió los ojos angustiada, y se sobresaltó cuando la gente empezó a golpear los cristales, volviéndose a un lado y a otro para evitar que las cámaras la cegaran.

El coche se puso en marcha y al mirar hacia adelante Zoe vio que lo conducía un chófer del que los separaba una mampara.

–¡Dios mío! –exclamó cuando oyó sonido de sirenas por delante y por detrás–. ¿Llevamos escolta policial?

–Era la única manera de salir –explicó Anton.

Zoe asió el asa de la sillita de Toby y miró a Anton con ojos desorbitados.

–¿Tan importante eres?

–Lo somos –le corrigió él.

Zoe comprendió por primera vez el giro que había dado su vida. Volviéndose, miró hacia atrás.

–La prensa va a seguirnos.

–No podrán una vez estemos en el aire.

–¿En el aire? –preguntó ella, desconcertada.

–Sí. Un helicóptero nos llevará a nuestro destino. Dime qué hay que hacer para que tu hermano viaje seguro…

«Maniobra de distracción». Anton no se sintió particularmente bien por usar tácticas de negociación empresarial, pero había tenido que renunciar a su sentido del juego limpio en el momento que había tomado la decisión de no dejar la casa sin Zoe y Toby.

Zoe se concentró en la tarea, centrando la silla del niño y pasándole el cinturón de seguridad.

–Es un niño muy tranquilo –comentó Anton, que observaba la maniobra.

–Solo tiene tres semanas. Los bebés solo comen y duermen a no ser que les pase algo –dijo ella, agachándose para besar la nariz del niño.

Anton admiró una vez más la calidad de oro líquido de su cabello y sus dedos largos y delgados.

–¿Quién es el hombre que hay en tu vida? –preguntó, dejándose llevar por la curiosidad.

Zoe se reclinó sobre el respaldo y se echó el cabello hacia atrás antes de contestar.

–¿Quién dice que hay un hombre?

–Has cerrado la verja del jardín detrás de alguien que se ha marchado precipitadamente, y me preguntaba qué hombre era capaz de huir en lugar de quedarse a protegerte.

Al pensar en Susie, Zoe sonrió. Aunque había tenido varios novios, no había mantenido ninguna relación importante ni había llegado a sufrir por amor. Pero no pensaba darle esa información a Anton Pallis.

–No creo que mi vida personal sea de tu incumbencia.

–Lo es si alguien puede vender una historia sobre ella a la prensa.

Zoe se dio cuenta de que se refería a la información que pudiera haberle dado a un amante sobre los secretos familiares.

–¿Y qué hay de la mujer con la que sales tú? –preguntó Zoe, contraatacando–. ¿Sería capaz de vender una exclusiva?

Anton sonrió con desdén.

–Yo no cuento secretos. Además, he preguntado primero.

–Yo tampoco –dijo ella, irritada con el efecto que aquella sonrisa tuvo sobre ella–. Y si hubiera algún hombre, creo que se consideraría desplazado tras verme subir en este coche contigo.

–¿Porque no podría competir con mi belleza y mi irresistible encanto? –bromeó él, aunque Zoe pensó que tenía ambas cosas en abundancia.

–Pensaba más bien en tu dinero y el de Theo. Tenéis demasiado como para que os surjan competidores. Aunque tengo que admitir –añadió–, que tus atributos físicos te hacen un adversario difícil.

Anton dejó escapar una profunda carcajada y Zoe se descubrió riendo con él.

Era la primera vez que reía desde el inicio de aquellas espantosas semanas y se sintió culpable.

–Te toca a ti –dijo ella, concentrando en él su atención–. ¿Sales con alguien?

–No.

–La prensa dice otra cosa. ¿Qué hay de la modelo de Nueva York?

Anton dio un fingido suspiro de resignación.

–Algunas mujeres adoran la publicidad. Rompimos después de que concediera esa entrevista.

–Mi padre siempre dice… –Zoe calló bruscamente y miró al suelo.

–¿Qué solía decir tu padre? –preguntó Anton con delicadeza.

Zoe iba a decir que su padre siempre decía que los bienes materiales no importaban, solo el amor. Pero tenía un nudo en la garganta.

–Coincidí con él en un par de ocasiones –dijo Anton quedamente. Y ella alzó la cabeza–. Yo era muy pequeño y pensaba que él era muy mayor, aunque solo tendría dieciocho años. Me llevó a jugar al fútbol, algo que no había hecho nunca nadie…

Zoe tragó saliva.

–¿Ni tu padre?

–Había muerto el año anterior. Apenas lo recuerdo. Viajaba demasiado por negocios y era demasiado importante como para jugar conmigo. Ya hemos llegado –dijo, sonando aliviado de tener una excusa para cortar aquella conversación.

Zoe miró al frente a tiempo de ver que el coche

de policía que los precedía giraba hacia la derecha al mismo tiempo que la limusina aminoraba la velocidad y cruzaba una verja. Mirando hacia atrás, vio que los dos coches de policía bloqueaban el hueco que dejaba la verja. Tras ellos, vio detenerse la caravana de periodistas que los había seguido y vio la frustración reflejada en los rostros de estos, que se bajaban de sus coches protestando. Aliviada, se volvió hacia adelante. Pero el alivio desapareció al instante.

–¿Qué es esto? –preguntó, alarmada.

–Nuestro próximo medio de transporte –dijo Anton.

–¡Pero… es un avión!

Observando el aerodinámico perfil de su avión privado, Anton contestó:

–Eso parece.

Capítulo 4

INTENTANDO dominar el pánico, Zoe murmuró.

—Has dicho que era un helicóptero. ¿Vamos a ir a tu casa en avión?

—Sí —confirmó él, mientras el chófer bajaba e iba a abrir su puerta

Al humedecerse los labios, Zoe notó que le temblaban.

—¿Dónde está tu casa?

Zoe se dio cuenta de que debía haber hecho esa pregunta con anterioridad. Anton permanecía inmóvil, pero su mirada de acero hizo que, intuitivamente, ella agarrara el asa de la sillita.

La tensión electrizó el aire.

Cuando el chófer fue a abrir, Anton pegó en el cristal con los nudillos para detenerlo, sin apartar la mirada de Zoe.

—Vamos a Grecia —dijo.

—¿A Grecia? —exclamó ella, poniéndose en guardia—. Pero dijiste que…

—No he dicho que mi casa estuviera en Inglaterra —dijo él, como si esperara que Zoe aceptara la situación sin presentar batalla.

Pero no fue así.

—Ni yo ni mi hermano vamos a ir a Grecia —dijo

Zoe al tiempo que intentaba soltar el cinturón de seguridad del niño.

–¿Y dónde piensas ir? –preguntó Anton.

–A casa.

–¿Cómo?

–¡Andando, si es preciso! –exclamó ella. Y mirándolo fijamente, añadió–: O quizá vaya a hablar con la prensa y les diga que eres un tramposo y un mentiroso, y que me has secuestrado.

Por primera vez Anton hizo un gesto de irritación.

–Puede que haya mentido por omisión –dijo entre dientes–. Pero ni he hecho trampa ni te estoy raptando.

Zoe siguió intentando soltar torpemente el cinturón de la sillita.

–¿Y qué es esto, unas vacaciones?

–Por ejemplo.

–¿Quién nos espera al final del viaje, Anton Pallis, Theo Kanellis?

La forma en que pronunció ambos nombres, como si la envenenaran, sacó a Anton de sus casillas.

–No –dijo, sujetando con firmeza la sillita por el lateral cuando Zoe por fin la soltó y agarró el asa–. ¿Quieres parar y escucharme?

–¿Para que me sigas mintiendo? ¿Crees que soy idiota? –Zoe cerró ambas manos alrededor del asa–. ¡Me pediste que confiara en ti y ya ves de qué me ha servido!

–Puedes confiar en mí –insistió Anton–. No vamos a casa de Theo. Te juro por mi honor que la oferta de un refugio era sincera.

Zoe lo miró despectivamente antes de soltar una mano y palpar la puerta a tientas, en busca de la manija.

–Debía haber sabido que tu amabilidad era una impostura –dijo con voz trémula–. Después de todo, eres su representante. No me extraña que mi padre os evitara a todos los de vuestra calaña

–Esto no tiene nada que ver con Leander.

–¡No oses pronunciar su nombre! –gritó ella–. Para ti es el señor Ellis. Ahora comprendo que no soportara llevar el apellido Kanellis.

–Yo no soy uno de ellos, Zoe –dijo Anton–. Reconozco que no te dije toda la verdad sobre nuestro destino, pero…

Dejó escapar una maldición al ver que Zoe se ponía a temblar como un volcán a punto de entrar en erupción y que había adquirido una palidez espectral.

–Escucha, Zoe.. ¡Maldita sea! –masculló Anton cuando Zoe abrió la puerta súbitamente y bajó del coche.

Anton bajó precipitadamente y la alcanzó cuando se agachaba para tomar a Toby.

Apretando los dientes, la ensartó por la cintura y tiró de ella antes de que pudiera asir el asa de la sillita. Ella se retorció y pataleó hasta que Anton la dejó en el suelo y sujetándola por los hombros la obligó a volverse.

–Escucha –dijo, entre enfadado y suplicante–. Siento haberte disgustado tanto.

¿Disgustarla? Zoe alzó la cabeza y lo miró con sus ojos azules tan llenos de rencor que supo que aquella palabra quedaba lejos de describir sus sentimientos.

–¡Te odio! –sollozó ella–. Mi abuelo y tú me ha-
béis destrozado la vida, y si no me sueltas, voy a
gritar pidiendo socorro.

Tomó aire y abrió la boca para cumplir su ame-
naza, pero Anton ahogó el grito apretando sus labios
contra los de ella. Hasta él mismo se sorprendió de
usar ese recurso para detenerla, pero una vez lo hizo,
ni se le pasó por la cabeza retirarse. Los labios de
Zoe estaban entreabiertos y temblorosos; sus lenguas se rozaron y se produjo un estallido de calor de
una fuerza explosiva. Aunque Zoe seguía llorando,
le devolvió el beso con una frenética urgencia, y
Anton supo que actuaba de forma inconsciente.

Más allá de la pista, al otro lado de la verja, se
elevaron varias cámaras telescópicas para capturar
el beso. Su personal de seguridad permaneció impasible mientras veían a su jefe besar apasionadamente a la nieta de Theo Kanellis cuando acababan de
verlos tener una pelea monumental. Y aun así, la
pasión reverberaba entre ellos como si hubiera adquirido vida propia. Estrechó a Zoe contra sí, y la
dureza de su cuerpo la hizo gemir con desmayo.

Separando sus labios bruscamente de los de él,
Zoe lo rechazó con temblorosa decisión.

–¡Te has propasado!

–Pero tú has participado por voluntad propia –
dijo él, que no se reconocía en aquel estado de des-
control.

–Eres… eres… –Zoe se quedó sin palabras

Sentía los labios hinchados y calientes. Sensaciones que desconocía recorrían su cuerpo, intensi-
ficándose en sus partes más íntimas, desde los pezones endurecidos hasta la pelvis, contra la que

Anton presionaba la evidencia de su respuesta física. La forma en que la miraba en ese momento, como si fuera a besarla de nuevo, le hizo sentir a un tiempo temor y deseo.

–Suéltame –susurró, rozando con su aliento el rostro de él.

Anton se sentía alerta, vigorizado. La nieta de Theo se había convertido para él en una obsesión en un tiempo récord, y se quedó desarmado cuando aquellos espectaculares ojos azules se llenaron de lágrimas.

–¿Por qué me haces esto? –gimió ella.

Al oír un ruido a su lado, se giró instintivamente. Espantada, vio que el coche, con las puertas todavía abiertas, se había alejado.

–¡Anton! ¡Toby está en el coche! ¿Qué hace ese hombre con mi hermano?

El pánico se apoderó de ella, sumiéndola en una espiral de terror. Miró a Anton y encontró su rostro inexpresivo.

–¿Por favor! –suplicó llorosa–. ¡No me quites a mi hermano!

Con los labios apretados, Anton le dijo algo, pero ella no lo oyó porque el miedo la ensordecía. Habían entrado en el avión y Anton la conducía hacia el interior. Zoe se revolvía y le pegaba con los puños.

–¡Toby! –gritó una y otra vez hasta que el nombre resonó en su cabeza.

Dejándola en un asiento, Anton se puso en cuclillas delante de ella.

–Escúchame, Zoe –dijo con firmeza, consciente de que estaba sufriendo un ataque de histeria. Temblaba como una hoja y no dejaba de llorar y llamar a su hermano. Anton apretó los dientes y le ató el cinturón de seguridad–. Despega –dijo a alguien.

Le daba lo mismo quién lo hiciera con tal de que obedecieran su orden. Como si sus palabras hubieran atravesado la niebla del cerebro de Zoe, esta se asió a las solapas de su chaqueta.

–Anton, por favor. Necesito a mi hermano. Por favor, Anton, por favor…

Fue como el gemido de un animal herido, ante el que nadie podría permanecer impasible. Todos los presentes, incluido Anton, se quedaron helados, y Anton no recordó haberse sentido nunca ni tan enfadado ni tan avergonzado de sí mismo.

Kostas lo miró con desaprobación.

–Su hermano, está aquí, señorita Kanellis –dijo con una dulzura que Anton, que lo conocía desde hacía años, nunca le había oído usar.

Zoe alzó la mirada y vio al niño todavía en su sillita.

–Toby –susurró, aliviada.

–Tengo que colocarlo con un arnés de seguridad mientras despegamos –continuó Kostas en el mismo tono–. Está solo dos filas por delante de usted. Está a salvo conmigo, se lo prometo.

–Gracias –musitó ella antes de volverse hacia Anton–. Creía que…

–Ya sé lo que pensabas –dijo él con solemnidad–. Puedo tener muchos defectos, Zoe, pero te prometo que jamás le daré a Toby a nadie, ¿de acuerdo?

Zoe asintió aunque se preguntaba por qué iba a creerlo.

–Él es todo lo que tengo –apretando los labios, sus ojos se posaron en los dedos con los que aún se aferraba a las solapas de Anton–. Es todo lo que me queda de ellos y…

Sintió que las lágrimas se acumulaban en sus ojos como una arrolladora ola de dolorosa tristeza. Durante tres semanas había logrado contenerse. Había permanecido tranquila, guardando sus sentimientos bajo llave porque había tenido que demostrar que podía ser una buena madre para Toby. Entonces había aparecido aquel hombre y, por primera vez, había bajado la guardia... Y aquella era la consecuencia: estaba en un avión en medio de la nada, a punto de despegar hacia Grecia.

Anton la observó mientras las lágrimas comenzaban a rodar de nuevo por sus mejillas; unas lágrimas distintas a las que se había permitido hasta ese momento. Apretando los labios y con expresión inescrutable, él cerró los brazos en torno a ella y con una mano le hizo apoyar el rostro en su pecho. No le ofreció caricias reconfortantes ni la animó a llorar. Se limitó a mirar fijamente el respaldo del asiento de Zoe y a sostenerla mientras el profundo pozo de tristeza en el que estaba sumida brotaba como una imparable cascada.

Zoe se desahogó en violentos sollozos entre los que Anton le oyó susurrar entrecortadamente «mamá» y «papá».

El auxiliar de vuelo se aproximó con cautela.

–Señor, tiene que sentarse.

Anton sacudió la cabeza, reacio a moverse, y tras unos segundos, el auxiliar se marchó.

Los motores se pusieron en marcha y Anton sintió

la vibración en los pies. En cuanto alcanzaron altitud suficiente, soltó el cinturón de Zoe y, tomándola en brazos fue con ella hacia el dormitorio que había en la parte de atrás. Cerrando la puerta a su espalda con el hombro, se quitó los zapatos ayudándose de los pies y depositó a Zoe en la cama. Como seguía asida a sus solapas, en lugar de soltarse, se echó a su lado, manteniéndola abrazada. Cada uno de sus sollozos era un golpe contra su cruel y desconsiderada arrogancia. Cuando finalmente Zoe quedó exhausta y se adormeció, Anton permaneció a su lado, consciente de que jamás había abrazado a ningún ser humano tan estrechamente, ni siquiera durante el sexo.

Esperó a que los dedos de Zoe se aflojaran y se desplazó con cuidado para levantarse e ir al cuarto de baño. Cerró la puerta y se apoyó contra ella con los ojos cerrados, dominado por un espantoso sentimiento de culpa.

Zoe despertó con la vaga sensación de que había sucedido algo malo. En su mente se sucedían imágenes de sí misma gritando a Anton, besándolo, suplicándole y llorando. Se movió tentativamente, frunciendo el ceño ante la certeza de que se había humillado en público. Descubrió que estaba en una cama, cubierta con un edredón, pero completamente vestida.

Resistiéndose a abrir los ojos, permaneció tumbada, utilizando el resto de sus sentidos. Al percibir la vibración recordó súbitamente el motivo de la pelea con Anton y el miedo que había sentido al creer que la separaban de Toby.

—Así que estás despierta —dijo una voz a su lado.

Zoe abrió los ojos sobresaltada.

–Creía que ibas a dormir todo el viaje.

Girando la cabeza, los ojos de Zoe se encontraron con dos ojos negros azabaches que la miraban con sorna. Anton estaba echado a su lado, incorporado sobre un codo y con la cabeza apoyada en la mano. Llevaba unos pantalones de seda grises y una camisa azul pálido.

–Toby –musitó ella.

–Está aquí –dijo él, indicando el espacio que había entre los dos.

Siguiendo su mirada, Zoe vio a su hermano, profundamente dormido.

–Ha tomado un biberón entero –le informó Anton–. Luego he realizado una tarea impropia de un hombre de mi clase –bromeó.

–¿Le has cambiado? –preguntó Zoe, perpleja.

–Sí, aunque primero me ha manchado el traje. Pero como ya me lo habías mojado tú con tus lágrimas, no me ha importado tener que cambiarme.

No añadió que se había negado a que lo ayudaran. Había decidido cuidar del niño a modo de expiación, así como soportar las miradas de reproche que había recibido de su personal.

–No sé qué decir –masculló Zoe.

–Basta con un «muchas gracias».

–No te las mereces. Nos has secuestrado.

–¿Volvemos a las hostilidades? –suspirando profundamente, Anton se puso en pie.

–Mentiste y me·engañaste hasta conseguir que perdiera la cabeza.

–Que perdiste la cabeza es cierto –dijo Anton mientras abría un armario–, pero creía que había sido por el beso.

Zoe se negó a mirarlo o a responder a la provocación.

–Supongo que no debería extrañarme tu comportamiento puesto que has crecido bajo la influencia de Theo Kanellis –dijo, sentándose y tomando a Toby en brazos–. Eres desconsiderado, cruel y manipulador, aparte de carecer de escrúpulos.

–Has resumido mi personalidad a la perfección, Zoe –dijo Anton, descolgando una chaqueta de una percha–. ¿Aceptarías mis disculpas por haberte asustado tanto?

–¿Ordenarías que el avión diera media vuelta rumbo a Inglaterra?

Anton hizo una breve pausa en el proceso de ponerse la chaqueta y se limitó a decir:

–No.

Zoe no pudo resistirse a mirarlo y sintió un nudo en la garganta al ver el magnífico aspecto que ofrecía, lo que la hizo más consciente de lo desaliñada que estaba ella.

–Entonces tus disculpas tienen tan poco valor como tu palabra –dijo, aunque en cuanto habló sintió que se encendía una luz de alarma en su mente por haberse extralimitado.

Desvió la mirada, que tuvo que volver a alzar hacia el rostro de Anton cuando este rodeó la cama hasta ponerse a su altura.

Observándola con el niño en brazos y rodeada del plumoso edredón, Anton pensó que parecía la viva representación de la madre tierra, aunque nunca había visto una estatua con aquellos ojos azul eléctrico, el cabello dorado, y los labios tan carnosos y tentadores.

–Si te hubiera dicho la verdad sobre el viaje, ¿habrías venido?

–No –dijo ella, retirándose el cabello de la cara.

–Entonces mi honor permanece intacto. Tú no podías seguir donde estabas, y el único lugar donde yo podía ponerte a salvo era en mi casa, en Grecia. Ya me he disculpado por los medios que he utilizado, Zoe, pero lo cierto es que el niño que tienes en brazos es medio griego, como tú, y tiene derecho a conocer a su familia griega. ¿O es que pensabas incluir a la próxima generación en la disputa familiar? Porque si es así, no eres mejor persona que el hombre al que te resistes a llamar «abuelo». Piensa en ello –fue hacia la puerta y antes de salir, añadió– . Aterrizaremos dentro de una hora. Tu maleta está en el cuarto de baño, te recomiendo que te acicales antes de salir.

Zoe miró su espalda con odio y musitó:

–Cazafortunas.

Anton se quedó paralizado. Zoe no estaba segura de por qué lo había dicho, pero el pulso se le aceleró al ver que Anton retrocedía.

La dureza que había adquirido su rostro le cortó la respiración. Pasando al ataque, añadió:

–Viniste a casa y me convenciste de que te siguiera. Puede que hasta animaras a los periodistas para que me asustaran –se puso en pie y dejó a Toby en la cama–. Theo quiere a su nieto y estás decidido a cumplir sus órdenes aun cuando implique llevarme a mí también.

–¿Y eso me convierte en un cazafortunas? –preguntó él con una engañosa calma que aterrorizó a Zoe.

Apretando los puños, intentó no dejarse intimidar.

–Hasta hace tres semanas, tú eras el heredero de Theo. No sé mucho de leyes, pero imagino que la aparición de Toby y mía cambia un tanto las cosas. Si no, ¿por qué te ibas a tomar tanto trabajo en llevarnos a Grecia?

Anton permaneció callado, mirándola fijamente.

–¡Di algo! –estalló Zoe.

–Estoy esperando a que llegues a tus propias conclusiones antes de dar mi opinión –dijo él.

Zoe se cruzó de brazos.

–Me dijiste que Theo estaba muy enfermo y que quería a mi hermano. Si me incluyes a mí es por evitar el escándalo que supondría separarnos. Así que supongo que quieres quedar bien con mi abuelo –aunque una voz interior le aconsejaba que callara, no pudo contenerse–. ¿O has trazado un plan para seguir siendo el heredero y convertirte en tutor de Toby?

–¿Esa es tu definición de cazafortunas? –preguntó Anton con la mirada clavada en ella. Cuando asintió, Anton continuó–. Se ve que no has tenido en cuenta que hay otro medio más simple de mantener el control sobre la fortuna de Theo, en el que tú estás implicada.

–No sé a qué te refieres –dijo ella con voz trémula.

–Bastaría con hacerte mi esposa y adoptar a Toby. Dos por el precio de uno –dijo él con una sonrisa cruel–. Y puesto que no tengo honor y miento y secuestro a inocentes… –Anton fue acorralándola hasta que Zoe chocó contra la pared.

Tras una breve y teatral pausa, continuó:

–De hecho, a Theo le encantaría ese plan. Los griegos son muy románticos –mirándola fijamente y con una insinuante sonrisa, añadió–: Lo que me pregunto es a qué tienes más miedo, si a tu abuelo, a mí… o a ti misma.

Zoe fue consciente de que el corazón le latía desbocado y que le faltaba el aire, pero por más que intentó reaccionar, no pudo separar su mirada de los sensuales labios de Anton.

–Claro que si no estás dispuesta a cumplir el acuerdo –siguió él, con un brillo sarcástico que puso la carne de gallina a Zoe–, te enviaré junto a Theo para que te encierre hasta que cambies de opinión. Ya sabes que los hombres griegos no tenemos escrúpulos. Puede que incluso decida… –alzó la mano y la plantó al lado de la cabeza de Zoe– besarte de nuevo –musitó–, o acostarme contigo –y acercó su cuerpo al de ella con provocadora lentitud–. De hecho, podría hacerte mi mujer incluso antes de que pisemos tierra griega y convertirte en mi…

Zoe lo abofeteó. Alzó la mano y la dejó caer con toda su fuerza sobre su mejilla. La palma le dolió al entrar en contacto con sus marcados pómulos, pero le dio lo mismo.

–¡Quítate de mi vista! –dijo entre dientes.

Capítulo 5

ANTON se irguió, dio un paso atrás y por unos segundos que se hicieron eternos, se miraron fijamente el uno al otro. La desagradable escena que acababa de producirse flotaba en el aire entre ellos creando una mezcla de emociones entre las que Zoe reconoció, preocupada, la atracción. Estaba segura de que odiaba a Anton y, sin embargo, también había deseado que la besara. Por eso mismo lo había abofeteado, huyendo de un deseo que se negaba a sentir.

Los ojos de Anton eran dos brasas cuyo ardor le permitió intuir que también él se sentía confuso. Estaba pálido bajo su complexión morena, y sus labios estaban fuertemente apretados.

Finalmente, él dejó escapar un prolongado suspiro.

–Me temo que he vuelto a comportarme inadecuadamente –admitió–. Por favor, acepta mis disculpas.

Zoe no pudo pronunciar palabra y, tras unos segundos, Anton dio media vuelta y se marchó.

Una vez se quedó sola, Zoe se separó de la pared y se dejó caer sobre la cama al tiempo que liberaba el aire que había quedado encerrado en sus pulmones. Tenía la sensación de acabar de participar en una pelea de boxeo; estaba exhausta. Y lo peor era que ella misma había provocado la discusión al acusar a Anton de cazafortunas.

¿Por qué lo habría hecho si, a pesar de todo e incluso a su pesar, no creía que fuera capaz de caer tan bajo?

Lo cierto era que ya no sabía qué creer. Al levantarse aquella mañana y encontrar la carta de su abuelo se había sentido herida y resentida. Cuando abrió la puerta y apareció Anton Pallis, lo había dejado pasar con la seguridad de que lo echaría en cuestión de minutos. Y sin embargo, cuanto más hablaban, o peleaban, pensó con una sonrisa, más intuía que podía confiar en él. ¿Quién en su sano juicio confiaría en un mentiroso? ¿Por qué prefería pensar que lo que acababa de decir solo había sido una manera de vengarse de que lo acusara de ser un cazafortunas?

Toby se sacudió con hipo, y Zoe se volvió.

—No te han quitado los gases —dijo.

Recordó que había sido el propio Anton el que lo había atendido, y sonrió al ver que no había conseguido cerrar bien los corchetes del mono.

Aquel desconcertante hombre era una mezcla de dulzura y severidad, de consideración y crueldad. Porque Zoe estaba convencida de que había cuidado de Toby como muestra de arrepentimiento.

Inclinándose hacia él, le puso bien el mono y se lo llevó al hombro.

—¿Qué hacemos, Toby? —preguntó—. ¿Aceptamos la oferta de ir a conocer al abuelo, o seguimos con la batalla?

El niño eructó y Zoe volvió a dejarlo en la cama.

–Ya que estamos prácticamente en Grecia, supongo que no vale la pena que sigamos protestando –decidió, dando un suspiro.

Pero de pronto se dio cuenta de que para entrar en Grecia necesitarían pasaportes…

Diez minutos más tarde, después de arreglarse, Zoe volvió a la cabina principal. Solo entonces fue consciente del lujoso interior, y le desconcertó que hasta seis miembros del personal se pusieran en pie para recibirla.

Sentado relajadamente en su asiento, Anton alzó la mirada del ordenador, observando aquella demostración voluntaria de respeto de sus hombres a la pasajera, y no pudo evitar compararla con las miradas de reproche que le habían dirigido a él.

Ni siquiera Kostas, que ni tan siquiera lo miró al pasar por su lado para recibir a Zoe, le hablaba.

Anton volvió su atención al ordenador mientras le oía preguntar a Zoe si había descansado y se ofrecía a colocar al niño en su asiento de vuelo. Nunca había visto aquella faceta de Kostas, y menos aún cuando al salir del dormitorio, se le había acercado para decirle que su comportamiento había sido vergonzoso.

Y aunque estaba de acuerdo con él, Anton no estuvo dispuesto a admitirlo. Como tampoco le hubiese confiado que había otros sentimientos implicados, como el deseo y la atracción. La nieta de Theo, con sus vivos ojos azules, su cabello dorado y su pálida piel, asaltaba sus sentidos, dejándolo sin capacidad de reacción.

El hecho de que se enfrentara a él como una igual no hacía sino despertar aún más su curiosidad.

Aunque ella se habría sentido ofendida de saberlo, lo cierto era que tenía la fuerza de Theo. Era una criatura valiente en la adversidad y decidida a sobrevivir. Anton la admiraba y la deseaba a partes iguales. Se había sentido cómodo con ella desde el instante en que puso el pie en su casa y por eso mismo no se había molestado en cuestionarse si le parecería bien el plan que había preparado para ella y para su hermano.

Había actuado como un hombre concentrado en cumplir una misión, dominado por la adrenalina de tener que tomar decisiones, y no se había parado a pensar que cualquier golpe podía derrumbar sus frágiles defensas. Como consecuencia, Anton estaba seguro de que recordaría durante mucho tiempo los desgarradores gemidos de dolor que habían brotado de su garganta. Era su castigo y lo merecía. Como el de que lo acusara de ser un cazafortunas.

Su perfume a manzana la precedió. Se había cambiado de ropa y llevaba una túnica negra y el cabello recogido en una coleta floja.

–Tengo que hablar contigo –dijo.

–Por favor, toma asiento –le ofreció él, dejando a un lado el ordenador.

Zoe se mordisqueó el labio, porque hubiera preferido sentarse enfrente de él y evitar la proximidad, pero finalmente se sentó con la espalda muy erguida y dijo:

–Has olvidado que para entrar en Grecia necesitamos pasaportes. Vamos a tener que volver.

Anton la miró sin inmutarse.

–Está resuelto –dijo con obvia satisfacción de sí mismo. Luego se inclinó hacia el lado y, sacando una carpeta del lateral del asiento, los puso sobre la mesa.

Zoe lo observó desconcertada mientras él abría la cremallera y rebuscaba hasta sacar un documento con el sello del gobierno británico, que le tendió

–Tu hermano viaja con un visado de urgencia – explicó mientras ella lo leía–. La solicité aduciendo la gravedad del estado de salud de tu abuelo.

Anton le pasó otros dos papeles.

–Esta es una carta de tu médico diciendo que Toby está en condiciones de viajar; y esta, otra de los servicios sociales dándote permiso para viajar al extranjero con tu hermano.

–¿Conseguiste todo esto sin que nadie se molestara en consultármelo? –preguntó Zoe, perpleja.

Anton asintió.

–Solo como medida de precaución por si surgían problemas con la custodia –aclaró–. En unos días llegará un pasaporte en regla para Toby a la embajada en Atenas.

–Se necesita una fotografía para el pasaporte – susurró Zoe sin apartar la mirada de los documentos.

–Le saqué una con el móvil y la envíe al departamento correspondiente.

–¿Cuándo? –preguntó Zoe, empezando a indignarse.

–Mientras hacías las maletas –dijo él sin darse cuenta de la reacción que estaba despertando en ella–. Como todos los periódicos hablaban de ti, no me costó que la gente comprendiera la situación y aceleraran los trámites. Conozco a gente en los sitios adecuados.

Zoe sintió que le hervía la sangre.

–Está claro que la riqueza y el poder son muy útiles.

Anton debió percibir algo en su tono porque la miró. En medio de un profundo silencio, él tamborileó los dedos sobre la mesa y Zoe respiró profundamente para contener la ira.

–Me temo que he vuelto a meter la pata –dijo él finalmente, dando un suspiro.

–¿Por qué no has contado conmigo?

–Porque no te necesitaba. Actué como tu abogado.

–¿Y a nadie se le ocurrió confirmarlo?

–Como te he dicho, todo el mundo se mostró muy comprensivo.

Zoe dejó escapar una risa sarcástica.

–Claro, y como eres tan encantador y un gran manipulador…

–Dicen que es una de mis mayores virtudes.

Zoe lo miró y vio que esbozaba una sonrisa a la vez que con la mirada le pedía disculpas. Apoyándose en el respaldo sacudió la cabeza con impotencia, pensando que el encanto no era más que una de las muchas características que hacían que aquel hombre consiguiera lo que se propusiera. A su pesar, sintió que los labios se le alargaban en una sonrisa.

Aprovechando la tregua, Anton llamó con la mirada al auxiliar y le pidió un té para Zoe.

–Y di a Kostas que vaya a ver al niño. Me ha parecido oírlo.

El auxiliar asintió y fue en la dirección indicada. Zoe hizo ademán de ir ella misma, pero Anton la retuvo posando su mano sobre la de ella.

–Quédate y charla conmigo –dijo con voz ronca.

Zoe titubeó y perdió el impulso. No la detuvo el deseo de quedarse con el que, después de todo, era el enemigo, sino la sorpresa de que sus dedos descansaran sobre los suyos con delicadeza, suplicantes más que impositivos. Zoe bajó la mirada y vio el contraste entre la piel de Anton, oscura y cálida, y la fría palidez de la suya. Un calor que empezaba a resultarle familiar se asentó en su vientre, mientras se amonestaba por ser tan contradictoria. U odiaba a Anton o le gustaba, pero no podía sentir las dos cosas simultáneamente.

–No soy tu enemigo –musitó él como si pudiera leerle el pensamiento–. Sé que te he dado motivos para que desconfíes de mí. Pero quiero demostrarte que soy digno de tu confianza.

Zoe sintió en su fuero interno que quería ceder. ¿Estaría sufriendo síndrome de Estocolmo? ¿Era una estúpida por querer creer en él?

Kostas pasó a su lado de camino a ver a Toby. En una decisión súbita, Zoe lo detuvo.

–Ya voy yo –dijo al hombre de seguridad. Y sin mirar a Anton, sacó la mano de debajo de la de él, se incorporó y se fue.

Aterrizaron cuando el sol se ponía sobre el centelleante mar. Kostas, que parecía haberse convertido en su protector, se ocupó de desembarcar a Toby, y Zoe no se molestó en evitarlo.

Todos los tripulantes estaban de pie, recogiendo sus cosas, incluido Anton, que le daba la espalda. Zoe se descubrió pensando que tenía una espalda perturbadoramente musculosa, y se obligó a mirar a otro lado.

En cuanto se detuvieron los motores, Anton habló por teléfono. Zoe le oyó dar órdenes con voz grave y aterciopelada.

Al ver que iba a ponerse una chaqueta, Kostas dijo:

—No la necesita, *thespinis*. La temperatura exterior es de veintisiete grados.

Al ponérsela en el brazo, Zoe se giró y descubrió a Anton observándola con expresión turbada y ella alzó la barbilla mecánicamente, consciente de que se había ruborizado.

Bajaron del avión. Anton la precedía y Zoe observó que, a pesar del calor, se había puesto la chaqueta, recuperando su aspecto de elegante hombre de negocios.

Kostas, con Toby, cerraba el grupo.

Zoe se detuvo un instante para dejarse envolver por el calor y el perfume a jazmín, limón y tomillo que impregnaba el aire. Al final de la pista había una hilera de coches esperándolos: dos limusinas, un pequeño autobús y un sedán junto al que había un hombre con aspecto oficial.

Zoe vio que el personal de Anton se dirigía hacia el oficial con unos pasaportes. Anton los siguió con la bolsa del ordenador al hombro, hablando por teléfono y haciendo gestos de impaciencia con la mano libre.

A los pocos pasos, Zoe sintió una extraña sensación, y cuando la identificó, tuvo que detenerse. Estaba en Grecia. Pensó: «estoy pisando la tierra natal de mi padre por primera vez en mi vida».

Entre todas las razones por las que no había querido hacer aquel viaje, no se le había pasado por la cabeza aquella extraña, electrizante sensación que irradiaba desde sus pies e iba recorriendo su cuerpo hasta convertirse en la revelación de que aquel era uno de los momentos más profundos e intensos que había experimentado nunca.

Cerrando los ojos, se dejó llevar por la sensación y por la peculiar noción de que por fin estaba en casa, una idea absurda, puesto que ella era tan británica como el té, el olor a rosas en verano, o el Big Ben. Ella era una chica de climas grises y húmedos, una rubia con piel delicada. Era la hija de su madre. Y sin embargo en aquel instante sintió que sus genes griegos pugnaban por escapar de los escondites donde hasta entonces habían permanecido y apoderarse de ella como animales hambrientos. Inclinó la cabeza hacia atrás y respiró profundamente, dejándose poseer por aquella sensación de paz.

¿Sería esa la razón de que su padre no hubiera querido volver nunca? ¿Sabía que, como ella, experimentaría aquella sensación casi espiritual de que volvía a su hogar?

–Zoe…

Aquella voz de nuevo, grave, modulada como la de su padre. Solo que en aquella ocasión, reconoció la diferencia.

Bajó la barbilla y al abrir los ojos vio a Anton, aún más guapo bajo la luz de su sol natal. Sus ojos habían perdido su calidad de acero y habían adquirido el aspecto aterciopelado del chocolate. La miraba con preocupación, y sus brazos formaban una curva a ambos lados de ella, como si se preparara a sujetarla por si se desmayaba.

–Estoy bien –musitó ella.

–No lo parece –dijo él.

–Ha sido el shock de estar aquí después de tantos años –admitió–. No esperaba sentir… nada.

Anton empezaba a darse cuenta de que la hermosa hija de Leander Kanellis sentía todo profunda y apasionadamente. La curiosidad de cómo se traduciría esa intensidad en la cama activó sus sentidos, pero también le hizo bajar los brazos en un brusco gesto de retirada.

«Territorio prohibido», se dijo. Zoe se había situado en él desde el momento en que lo acusó de ir tras el dinero de su abuelo.

El cambio de actitud en Anton devolvió a Zoe a la realidad, y al mirar en la distancia vio que solo quedaban las dos limusinas.

–Perdona –dijo–. Te estoy retrasando.

–No te preocupes –dijo él amablemente–. Ya hemos resuelto todos los trámites.

–¿Dónde está Toby?

–Con Kostas, en el segundo coche –Anton sacó un pasaporte del bolsillo y se lo dio–. Aquí tienes. Espero que no te importe que Kostas lo sacara de tu caja de documentos.

–Gracias –dijo ella, pensando que era demasiado tarde para protestar.

–Y ahora, si ya te has empapado de la tierra de tus ancestros, será mejor que nos vayamos.

Zoe asintió y lo siguió. Era consciente de haberlo irritado, pero no sabía exactamente por qué. Encogiéndose de hombros, miró de nuevo a su alrededor con curiosidad. Habían aterrizado en un pequeño aeropuerto privado y en la distancia se veía el mar y colinas cubiertas por pinos.

–¿Dónde estamos? –preguntó.

–En Thalia –dijo Anton.

Zoe aceleró el paso para ponerse a su altura.

–Thalia era la hija de Zeus –comentó, intentando recordar la mitología griega.

–O la ninfa de la juventud –sugirió él.

–¿Es una isla? –inquirió Zoe con suspicacia, deteniéndose bruscamente.

Anton había llegado al coche y se volvió con gesto de impaciencia.

–¿Te importaría dejar las lecciones de historia griega para otro momento? Se está haciendo tarde y tengo que volver antes de que anochezca.

Zoe giró sobre sí misma observando los alrededores. Estaban rodeados de mar. Debía tratarse de una isla muy pequeña.

–Lo has hecho de nuevo, ¿verdad? –dijo airada–. ¡Has incumplido tu promesa!

Anton suspiró.

–Es imposible tener una conversación normal contigo. ¿Se puede saber qué pasa ahora?

–¿Que qué pasa? –Zoe alzó los brazos–. ¡Esto! Que piensas marcharte y dejarnos a Toby y a mí con Theo Kanellis.

–¿Te has vuelto loca? –replicó Anton indignado–. Esta isla es mía, no de Theo. ¿Ni siquiera sabes dónde nació tu padre?

Por la cara de sorpresa de Zoe, Anton dedujo que no tenía ni idea. El sol del atardecer hacía resplandecer su cabello como si fuera un halo. «Maldita sea», oyó en su cabeza. Y supo perfectamente qué le hacía jurar.

–¡La isla de tu abuelo se llama Argiris! –dijo,

furioso, señalando con un brazo –. Queda a unos cincuenta kilómetros de aquí.

–Ah –dijo ella. Y miró en la dirección que le indicaba como si pudiera ver a esa distancia.

Anton se permitió el culpable placer de imaginarse a sí mismo aproximándose a ella para estrecharla en un abrazo y besar los labios que fruncía en un encantador mohín.

–Sube al coche –ordenó al tiempo que abría la puerta y esperaba a que Zoe entrara.

Una vez más, su perfume la precedió, avivando sus sentidos.

–Si no confío en ti, es por tu culpa –dijo ella con frialdad, antes de meterse en el coche con un resoplido.

Anton cerró la puerta con firmeza y fue hacia el otro coche bajo la atenta mirada de Zoe. Comprobar que no podía soportar viajar con ella le produjo un vacío en el estómago.

–Es mejor no hacerle enfadar –dijo una voz a su lado.

Capítulo 6

ZOE miró sobresaltada hacia el ángulo opuesto y vio a Kostas con Toby, plácidamente dormido a su lado.

–Es mejor no dejarse apabullar por personas como él –replicó ella.

–Le ha provocado.

–Me he limitado a hacerle una pregunta y él se ha puesto furioso –se defendió Zoe aunque era consciente de haber querido irritarlo.

Al ver que el coche de delante arrancaba, se preguntó a dónde iría, pero como no estaba dispuesta a mostrar su curiosidad preguntándoselo a Kostas, se dijo que le era indiferente.

–Tiene asuntos pendientes en el pueblo –dijo este, como si pudiera leerle el pensamiento–. Luego debe marcharse antes de que anochezca porque en este aeropuerto no se puede despegar de noche.

–Creía que la isla le pertenecía.

–Es su lugar de nacimiento y el de varias generaciones de Pallis antes que él –explicó Kostas–. Anton construyó el aeropuerto, el hospital y una escuela nueva; además, proporciona trabajo a quien quiera quedarse, o le ayuda a buscarlo a quien prefiere instalarse en otro lugar.

Kostas hablaba de su jefe con orgullo y afecto,

pero Zoe mantuvo su testaruda determinación de pensar mal de él aunque el resto del mundo lo considerara un santo. También el diablo conquistaba a la gente otorgándole favores... a cambio de su alma. ¡Y ella estaba decidida a no caer en la trampa! Odiaba a Anton hasta tal punto que sentía la adrenalina correr por sus venas.

Desde que dejaran el aeropuerto habían circulado por una carretera que transcurría entre pinos; poco a poco los árboles fueron clareando y el paisaje dio paso a prados salpicados de olivos y naranjos. Hacia adelante se veía el brillo del mar, y la carretera avanzaba sinuosamente hacia un cruce. Al llegar, el primer coche giró hacia la izquierda; el suyo, a la derecha. La carretera avanzó paralela una playa de arenas blancas, limitada por un pinar. Zoe vio varios veleros y le sorprendió pasar junto a un hotel.

–¿Hay industria turística en la isla? –preguntó, a pesar de haberse prometido reprimir su curiosidad.

–Digamos que no se desanima a los turistas, pero se exige que mientras permanezcan en Thalia sean respetuosos con la isla y sus habitantes.

–¿Y si no lo son? –preguntó ella. Y recuperando su agudo sentido del humor, añadió–: ¿El gran señor feudal los envía a los calabozos para ser juzgados?

–Son expulsados –contestó Kostas, sonriendo–. Tenemos tolerancia cero con los disturbios. La isla es un oasis de paz. Es el único lugar en el que Anton puede relajarse y ser él mismo.

Zoe se preguntó cómo sería ese Anton, pero prefirió no hacer más preguntas. Un déspota no dejaba de serlo por muy relajado que estuviera.

Unos minutos más tarde, la carretera giró hacia el interior y tras bordear un pequeño cabo alcanzaron una maravillosa bahía rodeada de pinos que llegaban hasta el borde de la playa. La carretera giró de nuevo y Zoe vio de frente unas grandes puertas de hierro, aunque la desconcertó ver que, en lugar de un muro, a ambos lados creciera una tupida barrera de pinos.

Las puertas se abrieron para que pasara el coche y Zoe se quedó sin aliento al contemplar una preciosa villa blanca con contraventanas azul pálido y tejado de terracota, en medio de un cuidado jardín.

La belleza que la rodeaba la dejó sin aliento. Nada resultaba demasiado formal o pretencioso, sino que se había dejado que la naturaleza brillara en todo su esplendor.

El coche se detuvo ante una puerta azul y cuando Zoe fue a soltar la sillita de Toby, este se despertó como si percibiera que el viaje había concluido. Sin transición, pasó del sueño apacible a protestar a pleno pulmón, y Zoe lo tomó en brazos para aplacarlo antes de salir del coche.

Kostas había alcanzado ya un sombreado porche, donde una mujer pequeña, con rostro redondo y ojos oscuros, lo abrazaba efusivamente.

–Esta es Anthea, el ama de llaves de Anton… Y mi madre –la presentó, adoptando el gesto tímido de un hombre maduro en el papel de hijo–. Esta es *thespinis* Kanellis y su hermano Toby.

La mujer miró a Zoe como si procediera de otro planeta.

–¡Qué precioso cabello! –dijo, entusiasmada–. Parece oro.

No sabiendo qué responder, Zoe agradeció que

Toby se convirtiera en el centro de atención al redoblar sus protestas. Anthea los acompañó al interior y al piso superior, mientras Kostas los seguía con el equipaje.

Zoe se encontró en medio de un bonito dormitorio con visillos que filtraban la luz exterior. Una enorme cuna ocupaba un lugar dominante, y a su alcance había muebles apropiados para el bebé.

En un rincón vio un pequeño frigorífico y un calentador de agua eléctrico; y junto a la ventana, una cómoda mecedora. En otra esquina, frente a un pequeño sofá color crema, había una televisión. Zoe se dio cuenta al instante de que la habitación acababa de ser transformada para acoger a Toby, y no pudo evitar sentirse agradecida hacia Anton Pallis por haber hecho el esfuerzo de que se pareciera lo más posible a su casa de Londres.

Una bonita joven de cabello oscuro se acercó sonriendo tímidamente y musitando a Toby palabras de consuelo.

—Esta es mi hermana Martha —dijo Kostas—. Está aquí para ayudarla.

Percibiendo la ansiedad por complacerla de la joven, Zoe se mordió la lengua en lugar de decir que no necesitaba ayuda, y antes de que se diera cuenta, Martha había tomado con destreza a Toby en sus brazos.

Entonces Anthea la llevó al dormitorio de enfrente. Estaba pintado de un azul claro que contrastaba con el mobiliario de madera oscura.

—Todos los muebles están hechos a mano en Thalia —explicó Anthea con orgullo—. Siempre que puede, Anton usa a los artesanos locales.

Zoe pensó con irritación que todo el mundo parecía adorarlo. Se acercó a la ventana. Era noche cerrada y se preguntó dónde estaría en aquel momento, y si se sentiría aliviado de haberse librado de ella.

Martha insistió en mostrarle el cuarto de baño y explicarle dónde encontraría todo que necesitara. Luego Zoe abrió otra puerta y, aunque no sabía qué esperaba encontrar, la desconcertó descubrir un completo vestuario de mujer que le resultaba desconocido.

Se le encendieron las mejillas al imaginar a una de las amantes de Anton seleccionando una de las prendas para agradar a su hombre, y dio un paso atrás como si hubiera encontrado un nido de serpientes.

—Anthea, creo que te has equivocado de dormitorio —balbuceó.

—No, no. Son para usted —Anthea se interpuso entre el armario y ella—. Anton las ha hecho traer esta tarde diciendo que habían tenido que salir tan precipitadamente que dudaba de que usted hubiera elegido la ropa adecuada para el caluroso abril griego.

Tranquilizada, Zoe preguntó:

—¿Y dónde estás mis cosas?

—Aquí —dijo Anthea, señalando hacia un lateral en el que su ropa estaba perfectamente doblada.

Zoe tuvo que reconocer que las prendas elegidas por Anton eran mucho más adecuadas para el clima griego, y por primera vez no se sintió irritada por su comportamiento. Además, observó que había tenido el detalle de elegir ropa buena pero no escandalosamente cara, aunque le llamó la atención que dominaran los colores, vivos o pastel, y la ausencia de negro.

Al pensar que no le gustaba la idea de que Anton hubiera gastado un dinero en ella que no podría devolverle, Zoe frunció el ceño y Anthea preguntó con ansiedad:

–¿No le gusta la ropa, *thespinis*?

Zoe se recriminó por ser tan poco agradecida y sonrió a la mujer.

–Claro que me gusta. Pero me sorprende que todo el mundo se haya molestado tanto por Toby y por mí.

–Ah –Anthea le quitó importancia con un gesto de la mano–. ¡La forma en que esos periodistas la estaban acosando era una vergüenza! Me alegro de que Anton la haya traído a Thalia, donde no se toleran esos comportamientos. Él mismo se ha ocupado de que echaran a los que han llegado esta tarde persiguiéndolos, así que puede relajarse –yendo hacia la puerta, para concluir añadió–: Aquí está a salvo. Martha se ocupará del bebe y usted solo tiene que sentirse cómoda. Serviré la cena dentro de una hora.

Al quedarse sola, Zoe volvió a mirar a su alrededor y observó la enorme cama con una colcha de ganchillo blanco y cortinas de la más fina muselina que, colgando desde el techo, la cubrían como una nube etérea. Luego fue al cuarto de baño y tras darse una ducha no pudo resistir la tentación de ponerse un vestido blanco con un gran escote en la espalda que encontró en el armario.

Toby descansaba apaciblemente en su enorme cuna bajo la atenta mirada de Martha, que estaba sentada en un sofá próximo rodeada de libros.

Tras una breve conversación, Zoe averiguó que tenía dieciocho años y que se preparaba para ingresar en la universidad… gracias a la ayuda de Anton, por supuesto.

A continuación bajó las escaleras y como faltaban diez minutos para a cena, los dedicó a recorrer la casa. Todas las habitaciones que inspeccionó presentaban un aire sencillo y clásico muy diferente a su idea de Anton, cuyos gustos había imaginado mucho más inclinados hacia la modernidad y la tecnología.

Había dos comedores, uno grandioso y formal, y otro más pequeño e íntimo, en cuya mesa circular había un solo cubierto. La idea de cenar sola no le agradaba y fue hacia las puertas de cristal que se abrían en la pared del fondo. Salió a la terraza y miró a su alrededor. El silencio era tan profundo que se sintió como si fuera la única persona en el mundo. La oscuridad se extendía más allá del resplandor que se proyectaba desde la casa, y el aire entraba en sus pulmones con cada espiración como una cálida seda. Nunca había experimentado una tranquilidad como aquella, ni tanto bienestar.

En Londres había llegado a acostumbrarse al constante rumor del tráfico, a los aviones de Heathrow, a los trenes que pasaban a poca distancia. Incluso dentro de su casa, los ruidos de sus vecinos se filtraban por las paredes.

Sintiendo una súbita inquietud, se frotó los brazos al tiempo que caminaba hacia un lado de la terraza, en el que descubrió unos sofás en torno a una mesa de cristal. Incluso en el exterior, la casa de Anton resultaba acogedora y elegante.

Una suave brisa se levantó y Zoe alzó el rostro para sentir su efecto refrescante. Entonces las vio y dejó escapar una sofocada exclamación de alegría, al tiempo que bajaba al jardín y corría hasta alcanzar la oscuridad. Entonces alzó la mirada y contempló pasmada el firmamento plagado de estrellas.

Anton subía sin prisa hacia su casa por el sendero que atravesaba el bosque desde la playa. Estaba cansado y de mal humor, aunque ver a los reporteros abandonar la isla lo había animado momentáneamente. Con suerte, otros que tuvieran la tentación de imitarlos recibirían la noticia y cambiarían de idea. Milos Loukas, el agente de aduanas, podía hacer su trabajo con tanta minuciosidad que conseguía desesperar a cualquiera.

Quizá lo que debería haber hecho era ir en el barco con ellos puesto que el retraso había significado que su avión no pudiera despegar, lo que lo había abocado a pasar la noche en su casa.

Y Anton no quería seguir padeciendo el desprecio de Zoe y, menos aún, alimentar el creciente deseo que despertaba en él.

El sonido de la risa cantarina de una mujer en la oscuridad le hizo detenerse en seco. Había decidido retrasar su llegada caminando desde el pueblo por la playa, pero aunque sus ojos estaban acostumbrados a la oscuridad, no supo con certeza si le engañaban o si verdaderamente veía lo que creyó ver.

¿Habría salido a jugar la ninfa Thalia aprovechando la quietud de la noche? Porque eso era lo que Zoe parecía, una ninfa con el cabello refulgente

y la piel evanescente. Su vestido blanco resplandecía en medio del jardín, donde permanecía de pie
con la mirada alzada hacia el cielo y el cabello cayéndole sobre la espalda. Giraba lentamente sobre
sí misma contando y nombrando estrellas. ¿Habría
enloquecido? Anton no podía oír los nombres que
les daba porque apenas las pronunciaba en un susurro, entrecortado por breves carcajadas de felicidad
plena.

Anton se quedó fascinado observándola desde
las sombras. Sabía que debía marcharse, pero sus
pies no le obedecían. Su presencia rompería la magia de aquel instante de regocijo infantil de Zoe, así
que lo mejor que podía hacer era desaparecer sigilosamente y quizá ir a emborracharse con Kostas,
que con toda seguridad, estaría deseando reprenderlo por su comportamiento.

¿Por qué habría creído que estaba demasiado
delgada si el vestido que lucía mostraba que tenía
las curvas necesarias en los lugares precisos? Observándola mientras completaba una nueva vuelta,
atisbó sus redondos senos que llenaban plenamente
la pechera y un gemido animal brotó quedamente
de su garganta al sentir un golpe de sangre en la ingle. Desvió la mirada y dio un paso para marcharse,
pero al hacerlo pisó una rama.

—¿Quién está ahí? —oyó preguntar a Zoe.

Anton cerró los ojos y apretó los dientes.

—¿Quién está ahí? —repitió Zoe, poniéndose de
puntillas. La oscuridad era tan densa entre los árboles que por más que escudriñó solo consiguió que le
dolieran los ojos.

—Soy yo —dijo una voz conocida.

Y el corazón de Zoe dio un salto al ver la alta figura de Anton Pallis emergiendo de las sombras.

—Me has asustado —dijo Zoe, llevándose la mano a la boca como si con ello fuera a controlar su acelerado corazón.

Anton se acercó lentamente. Sujetaba la chaqueta sobre un hombro y llevaba la camisa desabrochada. La sombra de una incipiente barba le daba un aspecto desaliñado extremadamente masculino.

—¿Contando estrellas, Zoe? —preguntó.

—Nunca había visto un cielo como este —dijo ella, sonriendo. Alzó de nuevo la vista justo cuando Anton llegó a unos pasos de ella—. ¡Es maravilloso!

—¿Cuántas has contado?

—Llevaba un millón cuando me has interrumpido.

—Lo siento —musitó él.

—Te perdono —replicó ella sin dejar de mirar al cielo—. Ojalá hubiera traído mi telescopio.

—¿Tienes un telescopio?

—Sí —Zoe señaló con el brazo—. Si miras en esa dirección, ves la nebulosa de estrellas próxima a Antares. Como no hay polución se ve perfectamente.

Anton miró, pero no vio más que estrellas.

—¿Dónde tienes el telescopio?

—Lo vendí cuando dejé la uni—… ¡Mira, Anton, Perseo! Nunca hubiera… —Zoe calló al darse cuenta de que no tenía la audiencia apropiada y que Anton, en lugar de mirar al cielo, la miraba a ella con una intensidad que la hizo enrojecer.

—Perdón —balbuceó, avergonzada—. El cielo por la noche es mi pasión.

–Se nota –dijo él en un susurro.

Zoe intentó evitar que le afectara la dulzura de su tono.

–¿Qué haces aquí? Creía que tenías que marcharte antes de que oscureciera.

–No he llegado a tiempo.

–¿Por culpa de los periodistas? –preguntó Zoe. Y al ver que Anton la miraba sorprendido, explicó–. Anthea me lo ha contado. ¿Los has echado?

–Como a Zeus, me ha bastado un soplido.

Zoe alzó la barbilla pensando que se burlaba de ella.

–Eso lo habría hecho su equivalente romano, Júpiter. Me temo que los dioses griegos no siempre conseguían lo que querían.

–Sé bien a lo que te refieres –dijo Anton con sorna.

Zoe decidió no cuestionar ese comentario a pesar de que, respecto a ella, Anton parecía hacer lo que le daba la gana.

–¿Y cómo has venido? No he oído el coche.

–Caminando por la playa. Me gusta el vestido.

–Vaya…, gracias –Zoe bajó la mirada–. Por cierto, no quiero que gastes dinero…

–¿Te gusta tu cuarto?

–Claro, es precioso. Gracias. Pero respecto a la ropa…

–¿Y había todo lo necesario para que tu hermano estuviera cómodo? –la interrumpió Anton de nuevo.

Zoe le dedicó un gesto de creciente impaciencia.

–De eso también tenemos que hablar –era evidente que Anton quería cambiar de tema, pero no pensaba dejarle hacerlo–. Todos esos peluches no eran necesarios. No vamos a pasar aquí más que un par de semanas y Toby...

—Imagino que el personal os ha dado la bienvenida.

Zoe tomó aire y cerró los puños.

—No vas a poder evitar que te diga lo que pienso.

—Ya lo he notado. Pero, ¿podrías esperar a que llegue a casa antes de que tengamos nuestra próxima pelea?

Zoe recibió la pregunta como una amonestación y pensó que la merecía.

—Solo quería...

—Calla ya, Zoe —dijo él, irritado—. La ropa y los peluches han sido un regalo. Cuando te he visto, he pensado que estabas extraordinariamente hermosa, pero en cuanto has empezado a discutir, lo has estropeado. Será mejor que vaya dentro —concluyó, y dio media vuelta hacia la casa.

—Está bien —se apresuró a decir ella—. Admito que debería haber sido más agradecida.

Aunque se quedó donde estaba, Anton la miró como si la disculpa no le impresionara.

—No pretendía empezar otra pelea —Zoe lo intentó de nuevo—. Has sido muy considerado comprando la ropa. Y te estoy sinceramente agradecida por las molestias que te has tomado para que Toby no se sienta extraño... Vaya, que siento resultarte tan molesta.

—No me resultas molesta —dijo él, cortante.

Zoe se quedó mirándolo sin saber qué decir.

—No piensas ponerme las cosas fáciles, ¿verdad? —dijo, encogiéndose de hombros como si se diera por vencida—. Intentaba ser amable, pero no te lo mereces. Después de todo, supongo que eres consciente de que tu comportamiento de hoy ha sido imperdonable.

Anton siguió observándola en silencio. Zoe tomó aire.

—Aun así, no soy idiota, y tengo que reconocer que este lugar es el paraíso comparado con mi casa en Islington, sitiada por la prensa. Pero si crees que eres el único que ha tenido un mal día, entonces…

Anton se movió con tanta suavidad, que Zoe ni siquiera se dio cuenta de lo que hacía hasta que notó que la sujetaba por la barbilla y aproximaba el rostro tanto al de ella que pudo ver una desestabilizadora inquietud en el fondo de su mirada y sentir la silenciosa tensión que estalló entre ellos, enfatizada por el persistente silencio de Anton.

Zoe sintió la angustia reptar por su cuerpo al intentar mirar hacia otro lado y darse cuenta de que los ojos de Anton la mantenían atrapada como si la hubieran hipnotizado.

Entreabrió la boca para decir algo, pero él negó con la cabeza. Zoe supo que iba a besarla. Y a pesar de que solo sus dedos la tocaban, sentía la plena fuerza de su masculinidad abatiéndola en sucesivas oleadas.

Sintió que los pezones se le endurecían, provocándole un hormigueo. Sabía que debía separarse de él, romper el contacto físico, pero lo más preocupante era que estaba ansiando que la besara.

Anton le acarició el labio inferior lentamente con el pulgar, y Zoe sintió en él un calor instantáneo. Él esbozó una sonrisa como si lo notara y supiera lo que significaba. Sin ser consciente de que lo hacía, Zoe hizo el mismo recorrido con la lengua, humedeciéndose el labio, y los ojos de Anton centellearon. El aire pareció detenerse, la bóveda de estrellas que los coronaba resplandeció antes de sumirlos en una total oscuridad. Solo quedaban ellos dos en el mundo, atrapados en el círculo de energía que emanaba de ambos y del que no podían salir.

La expresión de Anton era sombría, su mirada de una intensidad abrasadora. Se inclinó sobre ella con sus anchos hombros, su musculoso cuerpo y con una actitud tan arrebatadoramente masculina que Zoe, a pesar de que sabía que debía separarse de él, no lo logró. Era vergonzoso y humillante, pero permaneció inmóvil ante él, zambulléndose en sus ojos con los labios entreabiertos y esperando a que la besara.

Anton masculló algo sobre ninfas hechiceras y llegó el momento. Basto el roce de su lengua con la comisura de los labios de Zoe para que esta sintiera una explosión de placer expandirse por sus venas. Desconcertada por la fuerza de las sensaciones que la asaltaban, llevó sus manos instintivamente a la cintura de Anton. El calor que irradiaba de él le sorprendió, al igual que la intimidad con la que ella absorbió el aliento que escapaba de su boca.

–Vaya, Anton, por fin has llegado –dijo una voz en tono de alivio.

Capítulo 7

ANTON y Zoe se separaron como dos amantes clandestinos. Zoe se volvió hacia la casa con la piel ardiendo y vio la figura de Anthea, iluminada por la luz que se proyectaba desde el interior.

Anton maldijo entre dientes y se adelantó para llamar la atención sobre sí y dar tiempo a que Zoe se recompusiera.

–Buenas noches, Anthea –dijo caminando hacia la casa–. ¿Llego demasiado tarde para cenar?

–Claro que no –dijo ella, ofreciéndole la mejilla para que la besara–. Kostas me había advertido de que llegaría tarde. ¿Cuánto tiempo necesita para afeitarse esa rasposa barba? *Thespinis* Kanellis debe de estar muerta de hambre.

–Dame diez minutos para que me adecente antes de bajar a cenar –dijo Anton, entrando con la sirvienta y dejando a Zoe sola, en la oscuridad.

Zoe estaba avergonzada de sí misma y confusa. Tomó aire y lo dejó escapar lentamente. Estar cerca de Anton Pallis era como caminar sobre el filo de una navaja.

Pero la pulsante sensación que la inundaba no tenía nada de dolorosa. Sus labios estaban suaves y calientes. Se pasó un dedo por ellos para calmar el cosquilleo que sentía. Tenía que bajarse de la montaña rusa emocional a la que se había subido, y que la llevaba del rechazo frontal al deseo, o a una mezcla de ambos.

La cena transcurrió en un ambiente tenso, con Anton tratando de mantener una conversación amable mientras Zoe intentaba responder en el mismo tono y Anthea los atendía con mimo.

Rechazó el vino que Anton le ofreció porque se encontraba suficientemente embriagada; y su estómago, que había clamado por comida, se había cerrado y apenas le cabía bocado.

Quejándose de que Zoe comiera como un pajarillo, Anthea retiró los platos, y Zoe aprovechó para retirarse a su dormitorio.

Intentó dormir, pero no lo consiguió porque estaba demasiado alterada. El silencio le resultaba perturbador, y la cama, demasiado grande. Además, había dejado la puerta abierta porque temía no oír a Toby si se despertaba. Y lo que en su propia casa era un gesto habitual, allí podía interpretarse como una invitación.

«O eso es lo que querrías», le dijo una voz interior con sarcasmo.

–¡Cállate! –masculló, girándose boca abajo.

Al oír un ahogado gemido de su hermano se alegró de tener una excusa para levantarse. Peinándose con los dedos, cruzó descalza el corredor y entró en su dormitorio justo cuando el niño elevaba el volumen de sus protestas.

–Ya está, ya está –le susurró ella, inclinándose sobre la cuna para levantarlo–. ¿Tienes hambre? –preguntó. Y fue hacia el frigorífico.

Acunando a Toby en un brazo, preparó un biberón sin dejar de apaciguarlo con palabras de consuelo.

Al oír un ruido en la puerta, se volvió.

–Ah –musitó al ver a Anton en calzoncillos y
con un batín que no se había molestado en atarse.

–Me ha despertado –dijo él, cubriéndose la boca
para contener un bostezo–. ¿Dónde está Martha?
Está encargada de cuidar de él.

–La he mandado a la cama –dijo Zoe, dándole la
espalda para seguir con lo que estaba haciendo–.
Está estudiando para sus exámenes y necesita des-
cansar. Además, me gusta cuidar de mi hermano
personalmente. ¿Verdad, pequeño? –añadió, sonriendo con ternura a Toby.

Anton mantuvo uno de sus cargados silencios y
Zoe se preguntó por qué no se marchaba en lugar
de permanecer apoyado en la puerta, observándola.

Para cuando Zoe se giró, él se había atado el batín, y ella, evitando mirarlo, se colocó cómodamente
en una esquina del sofá para dar el biberón a Toby.

Anton abandonó entonces su inmovilidad y,
dando un suspiro, se separó de la puerta.

–Voy a prepararme algo caliente. ¿Quieres que
haga algo para ti?

Zoe estuvo a punto de rechazar la oferta, pero
notó que tenía la garganta seca.

–Sí, por favor –musitó con amabilidad.

Anton volvió diez minutos más tarde con una
taza de café y otra de chocolate, así como con un
plato con galletas.

Verlas y relacionarlas con el té y las galletas que
ella le había dado el día anterior, aunque pareciera

que habían transcurrido meses desde entonces, la hizo sonreír.

–Tómate el chocolate ante de que se enfríe. Yo me ocupo de Toby –se ofreció Anton, sentándose en la esquina opuesta del sofá y tendiendo los brazos hacia ella.

Zoe estuvo tentada de decirle que se fuera, pero no quiso iniciar una nueva pelea. Encogiéndose de hombros, le pasó a Toby, esperando con escepticismo a ver cómo se manejaba.

Pero como era de esperar, Anton aprendía rápido, y sin la menor muestra de incomodidad, cobijó al niño en su fuerte brazo y se acomodó relajadamente, estirando las piernas y cruzándolas por los tobillos. Lo que más sorprendió a Zoe fue que Toby ni se inmutara, y prefirió pensar que era porque quería comer y le daba lo mismo quién le diera el biberón. Ella se sentó en el lado opuesto y tomó la taza con chocolate.

Aquello era una locura.

¿Quién hubiera imaginado que estaría sentada a la una de la madrugada con Anton Pallis, comiendo galletas y tomándose un chocolate mientras él daba el biberón al pequeño?

–Produce una sensación de sosiego –comentó él, como si estuviera pensando lo mismo–. Es tan pequeño e indefenso que saca mi lado más vulnerable. Supongo que es eso lo que hace que los hombres quieran proteger y criar a sus hijos.

–No todos los hombres la experimentan.

–A mí me extraña tenerla –admitió él–. No me había dado cuenta de que me gustaran los niños hasta que me ocupé de él en el avión.

–Tu imagen se haría añicos si esta escena se hiciera pública.

–¿Qué imagen? –preguntó él, clavando la mirada en Zoe.

–La de frío empresario al que solo le importan el poder y el dinero –dijo ella, desviando la mirada.

Bebió de la taza y decidió no referirse a la reputación que tenía de tratar de la misma manera a las mujeres, de disfrutar de ellas como amantes y desecharlas cuando la novedad se pasaba.

–Tener dinero y poder implica comportarse de esa manera o dejar que otro te arrebate ambas cosas en cuanto des la menor muestra de debilidad.

Zoe reflexionó unos segundos y concluyó que tenía razón.

–Pues eso no combina bien con tener un bebé indefenso. El deseo de cuidarlo y protegerlo debe ser para toda la vida.

–¿Hemos pasado a hablar de Theo y de tu padre? –preguntó Anton.

Zoe no se había dado cuenta, pero aceptó que quizá lo había hecho subconscientemente.

–Olvidémonos del débil y acojamos al fuerte –murmuró, dejando la taza sobre la mesa.

Y Anton interpretó el comentario como un golpe directo a él.

–Ni soy ni he sido nunca el heredero de tu abuelo, Zoe –se defendió.

–¿No? –Zoe se encogió de hombros como si su negación fuera irrelevante–. Pues has pasado veintidós años con él hasta convertirte en la persona que él quería.

–¿Una persona que no te gusta?

Aunque Anton mantenía una postura relajada, Zoe se dio cuenta de que estaba enfureciéndolo. Aun así, no pudo resistirse a contestar:

–Nos has mentido, nos has engañado y nos has secuestrado con un objetivo que todavía no me has explicado. Tú me dirás si eso contribuye a que me gustes.

–Esta misma tarde me has agradecido que os secuestrara –dijo Anton con aspereza.

–Lo que te he dicho es que admitía que había una gran diferencia entre Islington y esto. Se ha quedado dormido –Zoe se puso en pie y se inclinó para tomar a Toby de sus brazos.

Anton no intentó detenerla y Zoe, a su pesar, lo miró a los ojos al incorporarse.

Como hacía unas horas en el jardín, el mundo a su alrededor quedó sumido en un profundo silencio en el que solo existían ellos dos, y Zoe se sintió devoraba por la fuerza de la atracción que Anton ejercía sobre ella. Lo tenía tan cerca que podía sentir su aliento en las mejillas y su proximidad le erizaba el vello, cortándole la respiración. Aunque sujetaba a Toby entre las manos, sintió con más intensidad el roce de sus dedos con el sólido pecho de Anton. La pulsión sexual que emanaba de él la envolvió, ahogándola, y el aire escapó de su garganta bruscamente. Una ola de calor la recorrió de arriba abajo y tuvo que desviar la mirada y concentrarse en Toby para ignorar lo que estaba pasando entre ellos, algo que era cada vez más intenso y más difícil de negar

Anton la observó llevarse el bebé al hombro y acabar de incorporarse. Se había ruborizado y la mano con la que frotó la espalda de Toby temblaba levemente.Consciente de la fuerza del deseo que había despertado en él, se quedó inmóvil, preguntándose, mientras la veía recorrer la habitación de un lado a otro, porqué ejercía una atracción sexual tan fuerte en él cuando ni siquiera era su tipo. A él le gustaban las mujeres de su edad, lo bastante sofisticadas sexualmente como para que no le creara problemas de conciencia acostarse con ellas. Pero Zoe Kanellis activaba su mente en la misma proporción que otras partes de su cuerpo.

¿Y quién era, además de la nieta de Theo Kanellis? Una mujer de veintidós años, hermosa e inteligente con un gran futuro por delante al que había renunciado, sin que pareciera arrepentirse, por cuidar de su hermano.

Tomar una decisión como aquella requería un grado de madurez que él no podía por menos que admirar. Quizá eso explicaba parte de su atractivo: la novedad de conocer una mujer que no anteponía sus necesidades a cualquier cosa, que no era ni vanidosa ni egoísta, y que era tan poco consciente de sus propios encantos como para llevar unos pantalones de pijama de algodón gris y una camiseta con un personaje de comic. Aunque, por otro lado, el pijama no lograra oculta la forma sensual del cuerpo que cubría.

–Deberías irte a la cama –dijo Zoe, ansiosa por quedarse sola.

No comprendía cómo podían pasar de una tensa conversación a aquella pulsante tensión física que la dejaba sin aire en los pulmones.

Oyó que Anton se ponía en pie al tiempo que devolvía a Toby a la cuna. Cuando se incorporó y miró, él la esperaba junto a la puerta. Temblorosa, Zoe fue hacia él y salieron juntos. La puerta de su dormitorio seguía abierta y se detuvieron delante de ella.

—Buenas noches —musitó Zoe, irritándose consigo misma por sonar titubeante.

—Solo una cosa —dijo Anton, apoyando el hombro en el marco—. Mañana me iré temprano por la mañana.

Zoe alzó la mirada sin tiempo a disimular su sorpresa. Aunque fuera una locura, no quería que se marchara.

Anton suspiró.

—Tengo que cumplir la promesa que te hice —musitó—. Hasta un secuestrador mentiroso sabe cuándo debe jugar limpio.

Anton no se refería en realidad a lo que había pasado el día anterior, sino a lo que estaba pasando en aquel instante entre ellos. Zoe asintió con la cabeza, pero no fue capaz de articular palabra. Desesperada por separarse de él antes de hacer o decir lo que no debía, fue a pasar, pero Anton alzó una mano y la deslizó por el dibujo del personaje que tenía estampado en la camiseta.

—¡Qué suerte tiene Snoopy! —susurró.

Zoe contuvo el aliento y sintió que el torbellino de emociones que la asaltaba se hacía con ella. Bastó que mirara a Anton para que sus brazos se alzaran hasta su cuello como si tuvieran voluntad propia y, rodeándolo, alzara su rostro y le ofreciera los labios. Sin transición, se encontró besándolo como si llevara toda la vida esperándolo.

Anton intentó resistirse y llegó a sujetarla por las muñecas con la intención de romper el abrazo y separarse de ella. Quizá Zoe debía haberlo permitido y debía haber recordado que era su enemigo, pero se asió con fuerza y se apretó contra él.

Un gruñido escapó de la garganta de Anton y le devolvió el beso con una pasión que Zoe jamás había experimentado y que la sacudió hasta las raíces. Igual que el calor que Anton irradiaba y la fuerza con la que sus brazos la apretaban contra sí. Había pasado de querer que desapareciera de su vista a querer retenerlo con la misma desesperación. Se sentía embriagada y confusa por las contradictorias emociones que sentía, pero le devolvió el beso con igual anhelo. Cuando Anton hundió la mano en su cabello y, tomándola por la nuca, le hizo inclinar la cabeza, sus manos se deslizaron hasta su pecho, por debajo del batín.

El estremecimiento que experimentó Anton al sentir el roce de sus palmas en la piel la excitó. Y desde ese instante fue incapaz de pensar, porque Anton metió la mano por debajo de su camiseta y le acarició el pecho. Una corriente de placer la recorrió de arriba abajo, y cuando él le frotó y pellizcó los pezones, que ya estaban endurecidos, gimió y se apretó aún más contra él buscando prolongar el beso y sentir sus manos en la espalda, en la cintura, de nuevo en los senos. Pero cuando él la tomó por las caderas y Zoe sintió contra su ingle la prueba física de su excitación, la sorpresa le hizo separar sus labios de los de él.

Los ojos de Anton parecían más oscuros que nunca; sus mejillas estaban enrojecidas.

—Estás jugando con fuego, *glikia mu* —le advirtió.

Zoe no estaba segura de saber qué estaba haciendo. Los labios de Anton, entreabiertos e hinchados por el flujo de sangre que los recorría, estaban más oscuros de lo habitual. Zoe sintió los suyos palpitantes al dejar escapar un trémulo suspiro. Y el sexo endurecido que seguía presionándole el abdomen había hecho que se le humedeciera la entrepierna y le temblaran las piernas.

–¿Paramos aquí? –insistió él, con una voz tan ronca que pareció brotar de los más profundo de su ser.

Pasándose la lengua por los labios, Zoe hizo un esfuerzo por dar la respuesta correcta mientras se decía «deja que se vaya, recuerda quién es». Pero no logró articular las palabras.

Anton la observaba fijamente, con un destello en los ojos con el que parecía retarla, y Zoe creyó ahogarse en ellos, en el deseo que le transmitían cada uno de sus músculos. Finalmente, Anton soltó una carcajada sofocada y Zoe temió por un instante que tomara él la decisión que ella había sido incapaz de tomar. El pánico le hizo decir precipitadamente:

–No quiero parar.

Una llamarada prendió en los ojos de Anton, que la besó al instante con renovada urgencia. Zoe hundió los dedos en su cabello y dejó que su cuerpo se amoldara al de él. Las piernas apenas la sostenían y, como si se diera cuenta, Anton la tomó en brazos.

Sin dejar de besarla, atravesó el dormitorio y la depositó en la cama. Zoe no fue consciente de que él se quitara el batín o a ella la camiseta hasta que notó el contacto de la sábana contra la piel. Abrió los ojos justo a tiempo de admirar el torso de bronce de Anton aproximándose al echarse a su lado.

–Anton… –susurró sin saber por qué.

Como si la entendiera mejor que ella a sí misma, él contestó:

–Lo sé –y deslizó la mano por su vientre, por debajo de la cintura de los pantalones, provocando una corriente eléctrica en el cuerpo de Zoe.

Con un grito, ella alzó las caderas en busca de sus dedos y, profundizando la caricia, Anton invadió su cálida y húmeda cueva mientras observaba cómo Zoe se revolvía de placer. Entonces la besó, imitando con la lengua los movimientos que hacía con los dedos, y Zoe, sacudiéndose, se asió a sus hombros.

Cada terminación nerviosa de su cuerpo clamaba por recibir su atención, cada movimiento de sus dedos, cada invasión de su lengua la arrastraba más y más profundamente hacia un abismo en cuyo fondo la esperaba una luz cegadora que Zoe ansiaba alcanzar.

Los dedos de Anton se adentraban más y más profundamente en su húmeda lava, hasta que Zoe se giró sobre el costado, alzando las piernas dobladas como si el placer la desbordara. Anton musitó algo, le quitó los pantalones y siguió acariciándola hasta que Zoe, jadeante, comenzó a susurrar su nombre una y otra vez.

En una nebulosa, percibió en Anton una contención esforzada y el empeño en excitarla y darle placer, hasta el punto que pensó que se desmayaría por falta de oxígeno en los pulmones.

Pero la calma con la que Anton estaba actuando se fue por la borda en cuanto ella lo tocó a él. Sus dedos lo rozaron primero accidentalmente, pero al descubrir su sexo duro y firme, suave como el terciopelo, lo asió y deslizó la mano arriba y abajo. Anton se la sujetó por la muñeca y se la apartó, haciéndola girarse sobre la espalda para colocarse sobre ella y presionarla contra la cama con el peso de su poderoso cuerpo.

Zoe sintió sus senos apretados contra el vello de su torso, y sus pezones estaban tan endurecidos y sensibles que el contacto le resultó casi doloroso. Cuando Anton le soltó la muñeca, se abrazó a él, queriendo intensificar el contacto y sentirlo aún más.

Él no separó su boca de la de ella, manteniéndola en una nebulosa que la aturdió hasta el punto de no darse cuenta de lo que iba a pasar hasta que fue demasiado tarde. Anton colocó sus caderas entre sus piernas abiertas y Zoe sintió por primera vez el roce de su miembro contra su húmedo sexo, un segundo antes de que la penetrara como un guerrero reclamando su botín.

Fue demasiado tarde para que dijera nada antes de que un grito de dolor brotara de su garganta al sentir un intenso dolor que la sacudió como un rayo, haciendo que arqueara la espalda y tensara todos los músculos de su cuerpo.

Anton se quedó paralizado como una estatua de mármol y la miró fijamente al tiempo que ella abría los ojos. Jamás se había sentido tan sobrecogido.

–No –susurró, perplejo.

Zoe no pudo pronunciar palabra. Anton estaba dentro de ella, palpitante; y sus músculos internos se contraían en torno a él sin que ella pudiera hacer nada por evitarlo.

–No es posible –dijo él, palideciendo.

–Te odio –dijo ella, antes de dejar escapar un grito por razones completamente distintas cuando él intentó salirse–. ¡No se te ocurra! –exclamó, jadeante–. ¡Oh, Dios mío! –gimió cuando él la obedeció, quedándose paralizado, con la tensión reflejada en su rostro–. Te odio –repitió ella–. Esto no debía haber pasado, pero te deseo. Te deseo.

Anton le retiró un mechón de cabello del sudoroso rostro y Zoe notó que le temblaban los dedos. Cuando él se meció suavemente, Zoe sufrió una sacudida que no tuvo nada que ver con el dolor, y su expresión de placer encendió a Anton, que empezó a moverse a un ritmo constante y sensual que fue elevándola a peldaño a peldaño hacia la excitación erótica. Su mirada, clavada en la de él, contribuyó a intensificar la experiencia, y Anton continuó absorbiendo los gemidos cada vez más entrecortados y agónicos que escapaban de sus labios.

–Anton –repitió insistentemente Zoe. Y cada vez que lo nombraba, el ritmo de Anton se aceleraba, como si oírlo alimentara el fuego en el que ardía.

Cuando Zoe estaba a punto de alcanzar el clímax, él la sujetó con una mano por la nuca y le dio un beso voraz. Zoe se arqueó, gimió y se asió a sus hombros como si temiera desintegrarse y perdió todo control al experimentar el placer multiplicado de que Anton la acompañara en la caída.

La corriente de bienestar que la invadió duró apenas unos segundos antes de que Anton rompiera el hechizo. Dejando escapar una maldición en griego, se separó de ella y se levantó de la cama.

Magnífico en su desnudez, la observó como si

fuera una estatua de bronce. Zoe se acurrucó sobre el costado y esperó en el tenso silencio lo que estaba por suceder. Debía habérselo dicho. Había sido consciente de ello incluso cuando la pasión le nubló el sentido. Y si había guardado silencio era por razones que no estaba en condiciones de analizar por el momento. Además, su cuerpo seguía anestesiado por las sacudidas del orgasmo, y su corazón seguía latiéndole aceleradamente.

Entre sus muslos, el lugar que Anton había descubierto seguía palpitando como si le hubiera dejado el placer tatuado; los músculos de su interior seguían contrayéndose, haciendo que su cuerpo fuera recorrido por gozosos y delicados estremecimientos.

Pero el enfado que irradiaba de Anton acabó dominando todo lo demás. En lugar de mirarla a ella, mantenía la vista fija en un punto indefinido.

—Sabía lo que estaba haciendo —dijo ella, pensando que era mejor decir algo que guardar silencio.

El sonido de su voz sacó a Anton de su parálisis. Con un movimiento brusco, dio media vuelta, se agachó para recoger los calzoncillos del suelo y se los puso con una furiosa brusquedad.

—Si es así, me avergüenzo de ti —dijo finalmente.

Y a Zoe le extrañó que sus palabras no la hicieran sangrar como dagas.

Capítulo 8

ZOE, que en ese momento iba a desenredar la sábana y cubrirse con ella, se quedó parada. ¿Anton se avergonzaba de ella?

–No creo que tengas derecho a avergonzarte de mí –tiró de la sábana con brusquedad y se la cruzó sobre el pecho–. Eres mi secuestrador, no mi consejero espiritual. Ocúpate de tu propia moral. Estoy segura de que has cometido muchos más pecados que yo.

–¡Cómo he podido caer en la trampa! –masculló él, mirando al vacío.

–¿Qué trampa? –Zoe se reclinó sobre las almohadas sintiéndose cada vez más furiosa.

–¡Y luego me acusas a mí de ser un manipulador!

–No sé a qué te refieres –dijo Zoe, desconcertada.

–Eras virgen

Ruborizándose, Zoe replicó sarcástica.

–Gracias por recordármelo, lo había olvidado.

–Y eres la nieta de Theo Kanellis.

–Otra verdad que preferiría olvidar.

–Si pretendías abrir una brecha en la relación entre Theo y yo, no podrías haber elegido una manera mejor.

–Tus sospechas son completamente maquiavélicas –dijo Zoe, tomando una de las almohadas sobrantes y abrazándose a ella–. ¿Puedes explicarme la relación entre una cosa y otra.

–Eras virgen.

–¿Te importaría dejar de repetirlo? –dijo Zoe, perdiendo la paciencia.

Finalmente, Anton la miró. Tenía las aletas de la nariz dilatadas y sus ojos parecían dos dardos de acero.

–¡Eras virgen! –repitió como si fuera una maldición–. Y ahora voy a tener que casarme contigo antes de que Theo se entere de lo que ha pasado.

Pensando que estaba soñando despierta, o mejor, que tenía una pesadilla, Zoe observó al espectro que representaba a Anton, esperando a que en cualquier momento le brotaran cuernos y garras. Tenía el cuerpo de un dios griego y la mente de un loco, además de la arrogante belleza de un príncipe de las tinieblas.

Temblando a causa las imágenes que su mente invocaba, Zoe asió la almohada con fuerza.

–No pienso decirle a Theo lo que ha pasado –dijo con frialdad–. Y por si te consuela, tenías razón: ahora mismo me siento terriblemente avergonzada.

–Pero para mí va a ser cuestión de honor decírselo, así que has ganado, Zoe Kanellis. Has destrozado mi imagen a ojos de tu tío y, con ello, has protegido tu herencia.

–¿Cuestión de honor? ¿Cómo te atreves a hablar de algo que desconoces? –dijo ella, sintiendo que las lágrimas se le acumulaban en la garganta y poniéndose en pie con una almohada en la mano–. ¡Hace veinticuatro horas ni siquiera eras para mí más que un desconocido que había ocupado el lugar de mi padre y que iba a quedarse con su dinero mientras Toby y yo nos escondíamos como ratas de la prensa! Acabo de perder a mis padres.

Zoe hizo una pausa para evitar echarse a llorar. Tomó aire y lo expiró lentamente.

–¿Pero lo tuviste en cuenta antes de aparecer en mi puerta? No. Te dio lo mismo que tu presencia azuzara a la prensa porque para ti era más importante obedecer a mi abuelo y así proteger tu posición en la vida.

–Zoe…

–¡Cállate! –cortó esta a Anton, tan encendida que no se dio cuenta de que él palidecía–. Ahora me toca hablar a mí. Voy a repetirlo una vez más y, si quieres, lo pongo por escrito: no me interesa el dinero de mi abuelo. Así que tranquilo, Anton Pallis, no tienes por qué temerme ni por qué casarte conmigo.

Solo cuando notó un dedo tembloroso de Anton secándole una lágrima fue consciente de que él se había acercado. Dio un paso atrás y usó la almohada para secárselas ella misma.

–Pensaba que simplemente habíamos perdido el control ambos, pero… –musitó.

–Y así fue.

Zoe le dio la espalda sin darse cuenta de que estaba desnuda y Anton tuvo la tentación de cubrirla con una sábana, pero no quería humillarla. Era consciente de haberle hecho ya bastante daño. Habría dado cualquier cosa por saber qué le había impulsado a decir lo que había dicho, porque, una vez recuperada la calma, era consciente de que había sido una solemne tontería.

–Creía que había sido inevitable, dada la tensión que ha habido entre los dos todo el día…

–Y lo ha sido.

Anton decidió finalmente cubrir su desnudez y, tomando la sábana de la cama, se la pasó por los hombros.

–Estás temblando –dijo al hacerlo.

Zoe se envolvió en ella y se giró para mirarlo. Sus ojos azules refulgían en el pálido ovalo de su rostro y Anton no supo qué decir para congraciarse con ella.

–Disculpa por haber reaccionado como lo he hecho, pero es que…

–Te preocupa haber mantenido relaciones con la nieta de Theo –concluyó Zoe por él.

–¡Me da lo mismo quien seas! –exclamó él–. Ni siquiera sé por qué he dicho eso. Pero si me hubieras dicho que eras…

–Fuera de aquí –dijo Zoe, negándose a oír de nuevo la palabra–. Ya que me has puesto en una situación tan incómoda, tengo derecho a la privacidad de mi dormitorio. ¡Fuera!

Dándole la espalda de nuevo, se arrebujó en la sábana, consciente de que iba a perder una vez más el control de sí misma y a llorar como lo había hecho en el avión.

–Los dos hemos perdido la cabeza –insistió él–. No esperaba… Me siento tan culpable… –añadió, desesperado–. Podría haberte hecho menos daño en lugar de…

Zoe se alegró de que no supiera cómo continuar. No necesitaba que repasara lo que había sucedido, o cómo debía haber sido.

—Por favor —le suplicó—. ¿Te puedes marchar?

—Hablaremos mañana —dijo él, yendo hacia la puerta.

—Has dicho que te marchabas —le recordó ella. Y rogó que se fuera muy lejos.

—Lo dudo —Anton volvió hacia ella—. Tenemos que hablar.

—Mañana te vas —repitió Zoe—. Me prometiste que me dejarías en paz un par de semanas y luego me devolverías a casa, así que más te vale cumplir tu promesa.

Zoe no supo si asentía con la cabeza, porque le estaba dando la espalda, pero se tomó su silencio como una forma de asentimiento. Era «cuestión de honor» que lo hiciera.

El avión de Anton despegó al amanecer, con este convencido de que debía sentir lo mismo que Leander Kanellis cuando había sido expulsado de su hogar.

Dos semanas. Le había prometido a Zoe que le daría alojamiento durante dos semanas y no rompería su promesa por nada del mundo. Apoyándose en el respaldo de su asiento, cerró los ojos. Haberse desvelado o la cantidad de brandy que había consumido al volver a su dormitorio para ahogar el recuerdo del sexo más espectacular que había experimentado en toda su vida estaban afectándolo.

Sexo fantástico, seguido de una espantosa escena. Se revolvió en el asiento. No quería recordar la forma en la que había atacado a Zoe para librarse de su propio sentimiento de culpabilidad.

Mujeres… Culpaba a todas las mujeres que se habían metido en su cama con la esperanza puesta en casarse con él. Y no por su atractivo, del que era plenamente consciente, ni por su reconocida capacidad sexual, sino por su dinero y poder.

Por eso para cuando cumplió veinte años era ya un cínico, y había aprendido a disfrutar y a tomar de ellas lo que le interesaba hasta que lo aburrían, sin que nunca se hubiera parado a pensar en sus sentimientos.

Por primera vez, estaba en la situación opuesta y descubría lo que era ser rechazado. Porque a lo largo del día anterior, Zoe había conseguido traspasar las barreras tras las que se protegía. Hasta se había encariñado con el niño y a las cuatro de la mañana había corrido a consolarlo antes de que su llanto despertara a Zoe.

–¿Anton?

–¿Sí? –gruñó este, que no quería ser molestado.

–Tenemos un problema –le advirtió Kostas con gesto de preocupación.

Zoe condujo el carrito por uno de los senderos sombreados que recorrían el jardín y se dio cuenta de que era la primera vez que sacaba a Toby al aire libre desde que saliera del hospital.

Con amargura pensó que era una de las ventajas de estar atrapada en el paraíso. Aquella mañana le habían anunciado que la serpiente había partido aunque ella no lo hubiera oído porque la noche anterior había vuelto a la cama y se había tapado con las almohadas para intentar olvidar lo que había sucedido.

Un brillo metálico en un lateral hizo que se volviera a tiempo de ver un Mercedes cruzar la verja de entrada. No era posible que Anton estuviera ya de vuelta. El hombre que se había enfurecido tras el salvaje y tórrido sexo de la noche anterior se habría colgado antes de incumplir el plazo de dos semanas que había prometido darle.

Zoe se giró y continuó el paseo, estremeciéndose con las imágenes que su mente invocó. Y no precisamente de las cosas que Anton había hecho, sino de las que había hecho ella misma. Se odiaba por ello y lo odiaba a él. Anton le había dicho que debía avergonzarse y así era; pero lo que él sentía había quedado aplastado por la amargura que había brotado de sus airados labios. Solo más tarde había admitido que se sentía culpable. Y eso no era un consuelo. Ella era su pecado porque tendría que haber sido completamente ciega para no notar que Anton se había sentido atraído por ella desde el primer momento.

«Y tú por él», le dijo una odiosa vocecita interior.

Zoe se encogió de hombros como si intentara librarse de ella. Era una mujer de veintidós años, razonablemente atractiva, que llevaba años rechazando la atención el sexo opuesto. Había preferido estudiar y dedicar su tiempo a complicados cálculos matemáticos antes que a coquetear con sus compañeros. Su padre solía reírse de la hilera de chicos que acostumbraba merodear la puerta de su casa esperando a que saliera.

«Te dan lo mismo, ¿verdad?», le oyó decir, divertido, en su cabeza. Y tuvo que pestañear para contener las lágrimas.

Se había desarrollado tarde, y su padre había estado a un tiempo orgulloso de su belleza y aliviado de que no se contagiara de la fiebre adolescente de sus pretendientes. Con el paso de los años, y ya concluida la adolescencia, el sentido común siempre había pesado más en ella que los súbitos arrebatos hormonales.

Sentido común. Zoe sonrió para sí con sarcasmo al recordar que era su mantra de estudiante universitaria. Tenía amigos y era popular, pero sus compañeros solían reírse de su cerebral actitud hacia el sexo y de que se perdiera toda la diversión. Si la vieran en ese momento, probablemente se morirían de la risa al descubrir que había sido seducida por un conocido conquistador menos de veinticuatro horas después de conocerlo.

Se había caído del pedestal y un irresistible hombre griego la había sacudido hasta los cimientos con su mezcla de cruel frialdad y aniquilador encanto.

El sonido de unos pasos que se aproximaban precipitadamente la hicieron volverse. Al ver que Martha se dirigía hacia ella con expresión angustiada, la esperó.

–Anton me ha mandado a buscarla, *thespinis* – explicó Martha al llegar a su lado–. Le ruega que se reúna con él en su despacho.

–¿Está aquí? –preguntó Zoe–. Creía que…

–Se ha ido esta mañana, pero ha vuelto –explicó Martha, como si fuera lo más habitual. Señaló a Toby–. También me ha pedido que cuide del niño entre tanto.

Dejando a Toby al cuidado de Martha, Zoe volvió hacia la casa mientras intentaba adivinar, sin lograrlo. qué habría hecho volver a Anton.

Aunque encontró la puerta de su estudio entornada, llamó antes de abrirla y entrar. Lo había visto el día anterior, en su exploración de la casa, y recordaba las paredes cubiertas de libros, la gran chimenea, el rincón con un tresillo de cuero negro y el gran escritorio tras el que Anton se sentaba en aquel momento.

Vestido con un traje milrayas de seda negra, volvía a presentar el aspecto de un gran empresario, y Zoe tuvo el impulso de llevarse la mano al cabello para peinárselo y de estirarse la falda de algodón que llevaba puesta desde la mañana.

Anton alzó la mirada y Zoe se quedó paralizada al notar que el corazón le daba un vuelco.

–Has pedido verme –dijo, haciendo un esfuerzo sobrehumano para disimular su nerviosismo.

Entonces observó la expresión malhumorada del rostro de Anton y el gesto brusco de la cabeza con el que la saludó.

–¿Qué sucede? –preguntó, aproximándose al escritorio.

Había sufrido demasiados traumas en los últimos tiempos como para no reconocer las señales de que algo iba mal.

–Tienes que ver esto –Anton indicó con la mano algo que había sobre el escritorio. Zoe bajó la mirada y vio un periódico con un titular que saltaba a la vista: *Pallis derrota a la oposición.*

Tomándolo, Zoe estudió las fotografías que acompañaban al artículo hasta que las manos empezaron a temblarle.

La humillación de ver cómo Anton la llevaba en brazos al interior del avión era una nimiedad comparada con la del apasionado abrazo y el beso en el que los habían retratado junto al coche. Horrorizada, se dejó caer en la silla más próxima.

El artículo decía:

En un súbito movimiento que nos dejó a todos sin habla, el magnate Anton Pallis se abalanzó sobre la nueva heredera Kanellis, dejando claro cuál será el futuro de la fortuna familiar. Si no hereda el dinero por derecho propio, se ve que está decidido a poseerlo por otros medios. Y si eso significa hacerse con Zoe Kanellis en el proceso, ¿por qué no? Es joven, bonita y, como muestra el apasionado abrazo, ya ha caído rendida a los pies del atractivo griego. Tan es así, que este tuvo que llevarla en brazos hasta el avión. ¿Sonaran campanas de boda en el próximo episodio? Todo es posible. Al fin y al cabo, los negocios son los negocios.

–¡Menuda manera de protegernos! –musitó Zoe al finalizar de leerlo mientras Anton la observaba en silencio–. Hasta la prensa te considera un cazafortunas.

–Eso parece –dijo él, impasible.

–Mientras que yo soy la rubia tonta que cae rendida a tus pies –dijo ella, tan furiosa que arrancó la página e hizo una bola con ella antes de ponerse en pie.

–Ni se te ocurra –dijo Anton, adivinando sus intenciones–. Acepto que te enfades conmigo y con la prensa, pero no que me tires misiles.

–¡Pero tú tienes la culpa de todo! –gritó ella, apretando la bola de papel mientras pisaba el resto del periódico, que había caído, desordenado, a sus pies–. Si no me hubieras…

–¿Besado?

–¡…secuestrado, nada de esto habría pasado!

–No recuerdo que intentaras evitar que te besara, *agapi mu*.

Zoe recordaba bien la explosión de sensaciones que había causado aquel beso, pero prefirió ignorarlo.

–Estaba histérica.

–O algo así.

–¡Y te aprovechaste de mí, que es lo que has hecho desde que apareciste en mi casa!

–No recuerdo haberte obligado a hacer nada que no quisieras.

–Porque eres demasiado arrogante –masculló ella, furiosa por la calma que él mostraba–. ¿Y ahora qué? ¿Denuncias al periódico y le pides que se retracte?

–Ni hablar. Eso les daría más munición.

–Entonces, ¿por qué has venido a contármelo?

–Porque tu abuelo ha leído el artículo –dijo Anton, en un tono tan lacónico que Zoe lo miró atentamente, algo que había evitado hasta ese momento.

El sol lo iluminaba de pleno, haciendo destacar cada uno de sus atributos; el cabello negro, las facciones marcadas, la elegancia. Y ese componente que Zoe habría preferido ignorar: la extraordinaria sexualidad que no podían ocultar ni su gesto de aparente indiferencia ni la sofisticación de su vestimenta.

Ella lo había visto desnudo, le había sentido estremecerse entre sus brazos, lo había cobijado en su interior y había sido testigo de cómo era cuando perdía todo control y era arrastrado por la salvaje marea de un orgasmo.

Zoe enrojeció y sintió las mejillas arderle. Era innegable que era pasmosa y perturbadoramente hermoso, y que hasta el sol lo acariciaba como si lo deseara.

–¿Y por qué debería importarme? –dijo, luchando con sus propios pensamientos y proyectando la rabia en sus palabras.

Anton arqueó una ceja.

–Ni siquiera tú puedes ser tan indiferente a los sentimientos de un hombre viejo y enfermo.

–¿Y por qué iba a afectarle ese artículo? Lo que hagamos no es de su incumbencia.

Anton entornó los ojos y Zoe tuvo la seguridad de que sabía lo que había estado pensando hacía unos segundos.

–Al menos ahora admites que fuiste tan partícipe como yo.

Zoe se quedó callada aunque tuvo que respirar profundamente para no reaccionar cuando él rodeó el escritorio, se agachó para recoger las hojas sueltas del periódico y las puso sobre el escritorio. Cuando alargó la mano hacia su puño cerrado, prácticamente tuvo que morderse la lengua para no dar un salto atrás.

Anton le abrió los dedos con delicadeza, le quitó la bola de papel y también la dejó sobre el escritorio.

—Está bien —dijo sin soltarle la mano—. Si ya te has desahogado, intentemos hablar como dos adultos.

La implicación de que se estaba comportando como una niña sacó a Zoe de sus casillas por más que supiera que en parte tenía razón.

—No quiero hablar de mi abuelo —dijo, intentando liberar la mano.

—Pero yo sí. Aunque antes quiero saber cómo te encuentras.

En aquella ocasión Zoe tiró de la mano con la bastante fuerza como para soltarse.

—Si te refieres a lo que pasó anoche, olvídalo —dijo, ruborizándose—. Estoy perfectamente —dio media vuelta y fue hacia la puerta—. Tú ocúpate de Theo —añadió, mirándolo por encima del hombro.

—¿Estás segura de que eso es lo que quieres?

—Sí —dijo Zoe, alargando la mano hacia el pomo de la puerta.

—Muy bien —dijo Anton cuando ella ya abría la puerta—, entonces nos casaremos en esta isla la semana que viene.

Capítulo 9

ZOE se quedó paralizada.

Me alegro de que seas tan razonable. Esperaba que te opusieras radicalmente, pero me alegro de que vuelvas a confiar en mí –dijo Anton.

El comentario destilaba sarcasmo, pero aun así logró que Zoe se estremeciera. Soltó la puerta y, cuando se volvió, vio que Anton se apoyaba en el escritorio, con las mangas de su elegante chaqueta remangadas, sus elegantes manos metidas en los bolsillos y sus elegantes piernas estiradas hacia adelante.

–Supongo que es una broma –dijo ella, irritada.

Pero el rostro de Anton no transmitía el menor atisbo de humor.

–Es sorprendente cómo la vida de las personas puede cambiar de un momento al siguiente –dijo él como si reflexionara en alto–. Tú y yo vivíamos vidas completamente independientes y, de pronto, le hago un favor a Theo y aquí estamos. Veinticuatro horas más tarde somos amantes y vamos a planear nuestra boda.

–No vamos a planear nada –dijo Zoe, apretando los puños–. Te recuerdo que ayer ya te liberé de tener que casarte conmigo. Lo mejor que puedes hacer es marcharte.

–Pero es que no quiero que me liberes –dijo él cuando Zoe ya se volvía hacia la puerta–. Quiero que nos casemos cuanto antes para evitar que los periódicos sigan especulando. Quédate donde estás –añadió con aspereza–. Tenemos que seguir hablando. Esto no nos afecta solo a nosotros.

–Si te refieres a Theo…

–Y a tu hermano. Además de a todos aquellos que dependen de que las empresas de Kanellis y de Pallis sigan siendo prósperas.

–¿A quién te refieres? –preguntó Zoe, desconcertada.

–A nuestros accionistas, a las compañías que subcontratamos, a los miles de empleados que trabajan con nosotros en todo el mundo. Desde que Theo vive recluido, soy yo quien se ocupa de mantener la estabilidad y el éxito de ambas compañías.

Zoe escuchaba aunque seguía sin mirarlo. Por más que le resultara indiferente su abuelo, no podía sentir los mismo hacía la gente a la que Anton se refería.

–Durante los dos años que he estado al mando, se ha asumido que sería el heredero. La implicación era que me interesaría defender los intereses de Theo. Entonces apareció tu historia, y las acciones de Kanellis y de Pallis se desplomaron. Los gestores de bolsa asumieron que la aparición de unos familiares directos de Theo significaría mi marginación.

–¿Y ha sido así? –preguntó Zoe, todavía de espaldas a él.

–Eso lo tendrá que decidir Theo –dijo Anton con indiferencia, pues no era eso lo que le preocupaba en aquel instante–. Lo cierto es que desde que ha salido el artículo, las acciones se han disparado. A todo el mundo le gusta una sólida fusión, ¿Y qué fusión puede ser más sólida que un matrimonio entre nosotros?

Cambiando de actitud, Anton se separó del escritorio y fue hacia ella pensando que parecía un pájaro atrapado, pero intentó endurecerse y mantener su determinación de impedir que volara en lugar de apiadarse de ella. Posó las manos en sus hombros y la hizo volverse, y aunque sintió que temblaba, comprobar que no reaccionaba de manera arisca le hizo entender que, con su inteligencia habitual, estaba analizando las circunstancias. Sin decir palabra, la llevó hasta la silla que había ocupado hasta hacía unos minutos y la invitó a sentarse.

–Así que estamos tratando un asunto de negocios –Zoe sacudió la cabeza, rechazando el asiento. Si iban a negociar, prefería permanecer de pie–. Me he convertido en la baza que necesitas para que las dos empresas conserven su valor.

–También te afecta a ti, *agapi mu*.

–¡No me llames «cariño mío»! Ni lo soy, ni quiero serlo.

–Y yo que creía que era un buen partido…

Ignorando su tono sarcástico, Zoe dijo:

–Sigo sin entender por qué tengo que implicarme. Basta con que Theo anuncie que eres su heredero para que todo se solucione.

–Pero Theo no va hacer eso porque sus herederos sois Toby y tú.

Zoe lo miró perpleja.

–Eso es imposible. Hasta hace dos semanas ni

siquiera sabía que existiéramos. Ni Toby ni yo queremos tener nada que ver en esto.

–¿Estás segura? –apoyándose de nuevo en el escritorio, Anton la miró desafiante–. Estarías fallándole a tu hermano si tomas esa decisión antes de que sea lo bastante mayor para tomarla él mismo. Y lo quieras o no, Zoe, desde ahora eres responsable de preservar el buen nombre de los Kanellis y lo que ello implica. Así que más vale que tomes una decisión rápidamente, porque si es cierto que no quieres tener nada que ver con tu abuelo, el barco va a naufragar, y yo con él.

–La gente no es tan estúpida como para dejarse afectar por lo que yo diga –dijo Zoe, aunque no estaba tan segura de la certeza de su afirmación.

–La bolsa se mueve por intuición. No le gusta la incertidumbre. Aunque hemos intentado ocultarlo, saben que la salud de Theo se deteriora. Mientras no se cuestionaba mi papel, todo iba bien. Ahora el mercado está reaccionando con subidas o bajadas dependiendo exclusivamente del rumor que prevalezca. Una boda entre tú y yo acabaría con el problema.

Estaba presentado un futuro tan negro que Zoe tuvo que sentarse. Aunque quería que todo aquello le resultara indiferente, no lo conseguía. No entendía la bolsa porque nunca había tenido dinero para invertir y su única preocupación económica había sido cómo pagar su préstamo de estudios. Aun así, tendría que ser de otro planeta para desconocer la naturaleza volátil de la bolsa, especialmente desde el desplome que había sucedido a la crisis.

¿Serían realmente tan sensibles los mercados

como para acabar con dos empresas de éxito mundial basándose en meras especulaciones y rumores, o para calmarse si Anton y ella se casaban?

La angustia y la confusión hicieron que bajara la mirada hacia sus manos, que retorcía sobre el regazo. Entonces pensó en su padre y en la lealtad que le debía. ¿Qué habría querido él que hiciera? Su intuición le decía que no le habría gustado que aceptara. Recordó las numerosas veces que llegaba a casa exhausto porque tenía dos trabajos para vivir decentemente, mecánico entre semana y camarero los fines de semana. Aun así, jamás le había oído insinuar que preferiría retomar su vida en Grecia. ¿Cuántas veces lo había visto caer rendido en el sofá? ¿Cuántos fines de semana había pasado su madre sola mientras su marido servía a otros, obligándose a sonreír? ¿Y cuántos años llevaba Theo Kanellis siendo servido por personas como su padre? Las preguntas se sucedieron con amargura en la mente de Zoe, al tiempo que imaginaba los aviones privados, las islas, los yates…

–La muerte de tu padre fue un duro golpe para Theo –comentó Anton con cautela–. Zoe, le quedan solo semanas de vida. Piensa si verdaderamente quieres que un hombre decrépito, atormentado por sus errores, muera contemplando el colapso de su imperio.

–Eso es chantaje emocional –susurró Zoe, compungida.

Anton dejó un pañuelo en su regazo.

–Son momentos muy emotivos.

–No hay nada emotivo en un matrimonio de conveniencia –dijo ella, tomando el pañuelo y secándose los ojos–. Pero, como dice el artículo, los negocios son los negocios.

Anton intentó comprender el significado de ese comentario antes de hablar.

–¿Quieres decir que accedes a casarte conmigo?

Zoe se resistía a pronunciar las palabras.

–Vas a parecer un monstruoso cazafortunas.

–Soy griego –replicó Anton–, y estamos habituados a alcanzar acuerdos de este tipo.

Zoe creyó percibir cierta burla en su comentario y lo miró. Anton transmitía una imagen irritantemente relajada, como si estuvieran hablando del tiempo. ¿Desde cuándo le resultaba indiferente que lo acusaran de ir tras el dinero de Theo?

–Aun así, prometo mejorar mi carácter –añadió, reflexivo–. Haré circular el rumor de que yo mismo filtré la información de la identidad de tu padre con la intención de acabar con la disputa familiar.

–¡Ni se te ocurra! –Zoe se puso en pie de un salto–. ¡No te atrevas a mencionar a mi padre!

–Porque merecía ser reconocido como el hijo de Theo –continuó Anton sin prestar atención a la protesta de Zoe–. Explicaré que me siento culpable por no haber reaccionado antes y haber perdido la oportunidad de que padre e hijo se reconciliaran antes de…

–¡Pero si no sabías nada! –lo interrumpió Zoe antes de que continuara. No quería oír la palabra que iba a pronunciar. No quería oírla nunca más vinculada a sus padres. Incluso cerró los ojos para ahuyentar de su mente ese espantoso pensamiento.

–No estés tan segura –Anton no se compadeció de ella–. Nadie sabe lo que yo sabía de Leander antes del… accidente –cambió el final de la frase al ver que Zoe contenía el aliento.

Zoe pensó que tenía razón y que no podía estar segura. Era posible que mientras ejercía de hijo adoptivo de Theo, Anton hubiera estado informado de lo que hacía su verdadero hijo y su familia por si, llegado el momento, le causaban algún problema.

Anton la observó con la satisfacción de saber que sabía lo que pensaba como si fuera un libro abierto. En aquel momento pensaba en él como un cínico manipulador, que hubiera planeado durante años seducir a la nieta de Theo, mucho antes de haberla conocido.

–Estaría bien que dijéramos que nos conocimos hace meses en Londres. Ya pensaremos en los detalles –continuó, dejando a Zoe clavada en el suelo, atónita ante lo que Anton estaba dispuesto a hacer para construir la farsa–. Será un caso clásico de amor a primera vista. Pero cuando descubrimos la conexión que había entre nosotros, decidimos que sería demasiado complicado.

–¿Por eso te fuiste a Nueva York y tuviste una aventura con una modelo? –preguntó ella, sarcástica.

–Decidimos darnos un plazo –sugirió Anton como solución–. Tú estabas ocupada con tus estudios y te preocupaba cómo reaccionaría tu padre al saber… lo nuestro. Así que decidimos separarnos y comprobar si lo que sentíamos el uno por el otro era solo…

–Lujuria, o si éramos Romeo y Julieta.

La sonrisa que le dirigió Anton hizo que el corazón le saltara en el pecho.

–Veo que comprendes bien –dijo.

Zoe se cruzó de brazos como si intentara protegerse de sus emociones.

–Entonces será mejor que nos aclaremos del todo. Tú eres… ¿Cuántos años tienes?

–Treinta y uno.

Zoe continuó:

–Así que eres el empresario de treinta y un años locamente enamorado que huye a buscar consuelo en la cama de otra mujer mientras yo permanezco virgen, esperando a que vuelvas y reclames… ¿tu premio?

–Ha sido un premio fabuloso –musitó él–, que atesoraré el resto de mi vida.

–No sobrevalores tu capacidad de mantener una promesa –replicó Zoe, sarcástica–. Los dos sabemos que se te da muy mal.

–Esta pienso cumplirla –dijo él, adoptando una súbita solemnidad–. Y si en nuestro matrimonio te comportas como la apasionada mujer que fuiste anoche, te aseguro que haré lo posible por mantenerte contenta.

Una luz de alarma se encendió en la mente de Zoe.

–¡No vamos a compartir cama! ¿Cómo tienes la desvergüenza de transformar un acuerdo mercantil en una promesa de buen sexo?

–No he podido pensar en otra cosa desde que has entrado en el despacho.

La voz grave y aterciopelada con la que hizo esa admisión movió a Zoe a retroceder un par de pasos, y solo entonces se dio cuenta de la tensión sexual que se respiraba en el ambiente.

–Nuestro matrimonio será intenso y fructífero,

kardia mu, no solo de cara a la galería –añadió él en el mismo tono–. Solo así será exitoso.

Zoe se dio cuenta de que hablaba a largo plazo. Parpadeó y sacudió la cabeza enérgicamente.

–El acuerdo solo durara mientras dure la crisis bursátil.

–¿Tú crees?

–No lo creo, lo sé –dijo ella, cometiendo el error de mirarlo a los ojos.

El resplandor que observó en ellos hizo que sus latidos se aceleraran. Anton se separó del escritorio y Zoe supo, demasiado tarde, que había retado a su ego sexual. Sus ojos la atraparon como un imán y una corriente la recorrió de arriba abajo, endure-ciéndole los pezones y provocando una presión en-tre sus muslos.

–No te acerques –balbuceó cuando Anton dio un paso hacia ella.

–¿Por qué? ¿No te das cuenta de que puedo in-terpretar tu lenguaje corporal y sé que me deseas? Desde que has entrado has querido desnudarme.

–¿Cómo puedes ser tan arrogante? –Zoe suspiró y consiguió retroceder dos pasos–. Que hayas sido mi primer amante no significa que ahora esté obse-sionada con… el sexo.

–Tienes las pupilas dilatadas y las mejillas rojas –Anton le acarició una de ellas. Zoe retiró la cabeza tan bruscamente que se hizo daño en el cuello–. Y estás temblando –siguió Anton, aproximándose–. Puedo oír tu respiración entrecortada. Y lo más fas-cinante es que desconoces de tal manera tus senti-mientos que ni siquiera reconoces las señales que tú misma emites.

Zoe sintió que las mejillas le ardían y dio otro paso atrás mientras se decía que Anton solo pretendía alterarla y que debía plantarle cara.

–Se nota que eres un hombre experimentado –dijo con amargura–. Pero qué otra cosa puede esperarse de un hombre que se acuesta con cualquier mujer que se le ponga a tiro.

–¿Esperabas que fuera virgen a los treinta y un años? –preguntó él, incrédulo.

–Sí –dijo Zoe, acaloradamente–. ¿Por qué no? Mi madre fue la primera amante de mi padre, y él, el de ella. Pasaron veintitrés años juntos y nunca quisieron o tuvieron otros amantes.

–Debe de ser fantástico ser tan perfecto –dijo él con desdén–. ¿Te inculcaron esos mismos ideales, Zoe? ¿Estás esperando al amante virgen perfecto con el que tener un matrimonio ideal?

Zoe lo miró indignada.

–Lo que está claro que tú no eres esa persona.

Anton la miró desafiante.

–Desde luego que no. En mí encontrarás a un hombre experimentado y que ha vivido lo bastante como para ofrecerte su lealtad y el placer de sus habilidades sexuales.

–Eso será si te acepto –dijo ella, desafiante.

Anton entornó los ojos y caminó hacia ella con el aspecto de un depredador.

–Claro que vas a aceptarme –dijo con una engañosa dulzura–. ¿Y sabes por qué?

–Párate ahora mismo o…

Zoe sintió que se rendía en cuanto él inclinó la cabeza.

–No, por favor, no… –musitó, haciendo un último esfuerzo por resistirse, aunque sin poder apartar la mirada de sus sensuales labios.

–Mentirosa –susurró él. Y le rozó con la lengua la comisura de los labios. Al ver que se estremecía, rio–. Recuerda cómo te sentiste al desnudarte conmigo, e imagina tener derecho exclusivo sobre todo esto –la tomó por las caderas y las pegó a las suyas–. A esto –presionó su sexo contra el vientre de Zoe y comenzó a besarla.

Cuando intentó introducir la lengua entre sus labios y Zoe se resistió, Anton alzó la cabeza para mirarla y descubrir qué estaba pasando por su mente. Y lo que vio le hizo sonreír. Entonces la tomó al asalto, con un beso apasionado y devorador, poseyéndola con una fuerza que la dejó inerme porque el deseo la ahogó en una impetuosa marea.

No era justo. Zoe hizo un último y tímido esfuerzo por protestar, pero su cuerpo la traicionó y sus manos se asieron por voluntad propia a los hombros de Anton, luego se curvaron sobre su nuca y toda ella se amoldó a él para sentir su calor. Su entrega fue recompensada con un estallido de pasión. Anton la besó tan profundamente que Zoe perdió la noción de todo excepto de la lava de placer que le recorría las venas. Cada célula de su cuerpo tomó vida con un anhelo sexual que le nubló la mente y le hizo aferrarse a él como si fuera una tabla de salvación. Él la sujetó contra sí con firmeza, presionándola por la base de la espalda con la palma de la mano para mantenerla pegada a su masculinidad.

Zoe se derritió por dentro. Para cuando Anton alzó la cabeza para tomar aire era una marioneta temblorosa y acalorada, laxa. Él tenía varios botones de la camisa desabrochados, que ella debía haber soltado sin darse cuenta, y respiraba con dificultad.

–Yo que tú me replantearía el papel que quieres tener como mi esposa.

Y tras decir eso, se separó de ella tan bruscamente que la dejó tambaleante, y dándole la espalda, se abrochó. Zoe sintió una sensual pulsión en su pecho que latía como un segundo corazón; sus pechos estaban tan llenos y apretados que latían visiblemente bajo la camiseta blanca.

Solo le quedaba una salida. Dando media vuelta, caminó con la mayor dignidad de que fue capaz y salió sin decir palabra.

Su cuerpo la había juzgado, sentenciado y ejecutado… o eso se decía Zoe mientras recorría su dormitorio de un lado a otro. ¿Cómo lo había consentido? ¿Cómo habían pasado de no conocerse y de ser enemigos, a apasionados y tórridos amantes en veinticuatro horas?

–No comprendo por qué me obligas a hacerlo –dijo Zoe mientras el helicóptero en el que viajaban se deslizaba sobre las aguas cristalinas del Egeo–. ¿No podíamos haber esperado hasta después de la boda?

–El mundo nos está observando, *agapi mu* –dijo él.

Zoe recordó el comentario que él había hecho acerca de que su matrimonio no iba a ser solo de cara a la galería. Todavía seguía sin comprender por qué había accedido a casarse con él.

–¿Qué pueden ver? Yo he estado escondida en la isla mientras tú haces lo que sea que hagas cada día cuando te vas.

–Trabajo. Es lo que se espera de un magnate obsesionado con el poder tan avaricioso como yo.

Zoe se estremeció al oírle citar una de las frases que se habían escrito sobre él en uno de los periódicos.

–Y Theo quiere verte –añadió Anton–. O te llevaba a él o me arriesgaba a que viniera a verte. Y su salud no lo soportaría.

Toby protestó para llamar su atención. Desde el momento en que habían subido al helicóptero no había dejado de hacerlo, aunque a Zoe le había irritado comprobar que parecía más tranquilo en brazos de Anton que en las suyas

En cuanto lo había estrechado contra su fuerte torso, el niño había dejado de llorar como si se sintiera seguro y protegido.

Durante la última semana, el niño y Anton habían establecido una buena relación. Mientras que ellos dos se habían convertido en... amantes. Y dormían cada noche en la misma cama.

La primera de ella, Anton se había metido entre las sábanas ignorando sus protestas, la había estrechado contra sí y había retomado el encuentro en el punto que lo había dejado en el despacho.

La segunda noche, había entrado en el dormitorio, la había hecho levantarse y, desoyendo sus protestas, la había llevado a su cama. Al día siguiente llegó una niñera, Melissa Stefani, que además de ser bilingüe, era encantadora, y Martha pudo retomar sus estudios. En aquel momento, Melissa ocupaba el asiento junto al piloto. Zoe había comido, vivido y dormido con Anton como si ya estuvieran casados. Y la habitación del dormitorio quedaba firmemente cerrada cada noche para que Toby no la despertara. Que ello hubiera contribuido a que tuviera mejor aspecto, no edulcoraba el malhumor que sentía Zoe en aquel instante.

También durante los últimos días había podido experimentar lo que iba a suponer convertirse en la señora de Pallis. Anthea le había consultado cada decisión que tomaba respecto a la casa, las comidas y la decoración, y había tenido que revisar las lujosas mantelerías, piezas de cristal y de plata, así como las numerosas obras de arte que decoraban las paredes.

¿Qué había descubierto con todo ello? Que los antepasados de Anton eran coleccionistas de objetos hermosos, pero seguía sin poder distinguir un Monet de un Manet.

Y en aquel momento se dirigía a conocer a su abuelo, que probablemente vivía rodeado de los mismos símbolos de poder y de gusto refinado que su futuro marido.

—Más le vale no esperar que vaya a ser encantadora con él o que le perdone —dijo, crispada.

—Supongo que eso requeriría de un milagro.

Zoe estaba acostumbrada a su sarcasmo, pero no toleraba que la tratara como a una niña enfurruñada.

—Si tienes dudas, todavía estamos a tiempo de cancelar la boda —dijo con frialdad.

—¿Es una pregunta trampa? —preguntó Anton.

Zoe se encogió de hombros con fingida indiferencia mientras se arrepentía de lo que había dicho.

Fue a girar la cabeza hacia otro lado, pero Anton le agarró el brazo para que lo mirara.

—¡No me trates como si fuera tu hermana pequeña! —protestó ella, aunque era plenamente consciente que su enfado no tenía nada que ver con él, sino con la irritación que le causaba la debilidad que le hacía sentir y la forma en que la alteraba su cercanía—. Puede que seas nueve años mayor que yo, pero si no me tratas con el respeto que merezco como una adulta que tiene derecho a expresar su opinión, cancelaré la boda.

Y al concluir, tiró del brazo con tanta fuerza que se hizo daño. Sin embargo, no consiguió que Anton reaccionara, y mirando las cabezas de Melissa y del piloto, rezó para que no la hubieran oído.

Ni siquiera era consciente de lo que le sucedía exactamente, aunque sabía que la pelea era consigo misma. ¿Cómo había consentido convertirse en una marioneta en manos de Anton? ¿Cómo había conseguido Anton seducirla hasta el punto de lograr que se olvidara de sí misma? Lo miró y… lo deseó con tanta intensidad como siempre que lo miraba. Incluso cuando lo odiaba.

—Zoe…

—Cállate —dijo ella, ahogándose.

Se sentía como una adolescente, tan sumida en la confusión de sus propias emociones que no podía ni pensar.

—Ya hemos llegado —dijo Anton.

Mirando por la ventanilla, la asaltó una emoción muy diferente.

Emergiendo del centelleante mar azul, se veía la pequeña isla en forma de herradura en la que había nacido su padre.

Capítulo 10

ZOE se alejó del helicóptero agachándose para evitar las aspas y, tras erguirse, miró a su alrededor. Habían aterrizado en una pista de hierba, entre una playa en forma de luna creciente y una casa sorprendentemente modesta de brillantes paredes blancas y porche de madera.

Anton llegó a su lado con Toby en brazos y siguió la dirección de su mirada.

–A Theo no le gustan los cambios –explicó–. La casa original, la parte que ves desde aquí, la construyó su abuelo, que era pescador. Cuando Theo compró la isla mantuvo todo tal y como estaba, hasta que se casó y su mujer quiso agrandarla para poder dar fiestas y recibir invitados. Al morir esta, Theo pasó varios años alejado con la excusa de que su casa de Glyfada estaba más cerca de las oficinas de Atenas, pero yo creo que en realidad echaba demasiado de menos a su mujer como para volver.

–Casandra –musitó Zoe la recordar el nombre de su abuela.

–Como tu segundo nombre –confirmó Anton.

Una de las pocas referencias a sus raíces griegas que su padre había querido que tuviera, pensó Zoe.

–¿La conociste? –preguntó.

–No. Murió antes de que yo viniera por primera vez. ¿Vamos?

Zoe apenas podía ocultar el nerviosismo que sentía por ir a conocer a su abuelo y Anton no estaba mucho más tranquilo que ella. De hecho, había intentado evitar aquella visita por todos los medios, hasta que el anciano había amenazado con ser él quien los visitara.

Melissa los esperaba ya en el porche. Cuando llegaron a la escalerilla, se abrió la puerta y salió una mujer madura vestida de negro, que miró con curiosidad a Zoe y a Melissa antes de fijar la mirada en Toby.

–Por fin lo traes –dijo en tono de reproche al tiempo que hacía ademán de tomarlo de brazos de Anton.

Zoe se alarmó y dio un paso hacia atrás, pero Anton se le adelantó.

–Compórtate, Dorothea. Ya tendrás oportunidad de sostenerlo.

Ruborizándose, la mujer volvió al interior. Anton cedió el paso a Zoe y a Melissa, y entraron en un espacioso vestíbulo.

–Será mejor que vayáis a saludarlo antes de que le dé un rabieta –dijo Dorothea, indicando una de las puertas con la mano–. Os llevaré café.

–Después de acompañar a la señorita Stefani a su dormitorio para que pueda ponerse cómoda mientras no la necesitemos –dijo Anton.

Dorothea, con quien evidentemente mantenía una relación afectuosa aunque no disimularan sus desavenencias, resopló y sin decir palabra salió, seguida por una desconcertada Melissa.

–Dorothea lleva tantos años trabajando para Theo que a veces olvida su posición. Pero si le plantas cara, no tienes nada que temer –explicó Anton. Y dirigiéndose hacia la puerta que había indicado Dorothea, esperó a que Zoe le siguiera, mirándola fijamente en el proceso–. ¿Estás bien? –preguntó cuando llegó a su lado.

«¡Ójala!», se dijo ella, respirando profundamente antes de alzar los brazos hacia Toby y decir:

–Quiero sostenerlo yo.

Vio que Anton titubeaba, aunque finalmente le pasó al niño, que dormía sobre su hombro. Toby se revolvió, pero tras dar un suspiro, se acurrucó contra Zoe y se quedó tranquilo.

–¿Lista, *agapi mu*?

–Eso creo –dijo Zoe, cuadrando los hombros.

Anton le retiró un mechón de cabello tras la oreja.

–Prometo que no dejaré que te coma –dijo él. Y abrió la puerta.

Zoe se encontró contemplando una amplia y luminosa habitación, cuya luz quedaba tamizada por unos delicados visillos de color crema.

Cuando vio a Theo, el corazón le golpeó el pecho. Estaba de pie delante de una chimenea de piedra, pero lo que más la impactó fue que no proyectara la menor imagen de fragilidad. Transmitía una fuerza interior apabullante, a pesar de que se apoyaba con fuerza en un bastón que mantenía firmemente pegado a sus piernas, enfundadas en un elegante pantalón.

Era como mirar a su padre, o al que habría sido su padre de haber tenido la oportunidad de alcanzar su edad. Tenían la misma estatura y los mismos ojos, la misma nariz aguileña y espectacular estructura ósea. Pero el hombre que tenía ante sí no sonreía, sino que la miraba con fiereza y con una intensidad que Zoe interpretó como hostil.

–Vamos, no te quedes ahí como si quisieras dar media vuelta y huir –dijo con aspereza.

Su voz grave y sonora hizo sobresaltarse a Toby. Anton le pasó a ella una mano tranquilizadora por la espalda. Zoe entonces se dio cuenta de que se alegraba de tenerlo a su lado como un muro protector, y más cuando, al dar varios pasos hacia el interior, se dio cuenta de que las piernas le temblaban.

Theo Kanellis la siguió con la mirada atentamente, observando su cabello suelto, que parecía flotar sobre sus hombros, el vestido sencillo de color melocotón y sus largas piernas. Cuando llegó a unos metros, alzó la mirada hacia sus azules ojos, que lo miraban con expresión desafiante, como si lo retaran a sostenerle la mirada.

–Te pareces a tu madre –dijo él finalmente con un gesto de desdén.

–Gracias –dijo ella.

–Pareces inglesa.

–Porque lo soy –confirmó ella, desafiante.

Le resultó curioso que no se hubiera molestado en mirar a Toby y que, de hecho, la siguiente persona a la que prestó atención fuera Anton.

–Supongo que te crees muy listo.

–Depende de a qué te refieras –dijo Anton con calma–. ¿Cómo estás, Theo?

Por fin alguien se molestaba en establecer unas mínimas normas de cortesía. Pero Theo no pareció notarlo.

–Déjate de tonterías –dijo, alzando la mano en la que sostenía el bastón–. Siéntate ahí donde pueda verte –indicó a Zoe, señalando un sillón al otro lado de la chimenea. Luego, se volvió a Anton–. Y tú puedes marcharte.

–Me iré cuando me lo pida tu nieta –contestó Anton con una suavidad que contrastaba con la descortesía de Theo.

Zoe pensó que estaba siendo testigo de una lucha entre titanes. Los dos hombres se miraron en silencio hasta que fue ella quien decidió sacarlos del punto muerto al que habían llegado. Se aproximó al sillón para sentarse y así liberar a Anton de su función de guardaespaldas. Pero él, en lugar de marcharse, esperó a que Theo también se sentara antes de ir al extremo opuesto de la habitación y quedarse delante de la ventana, como si accediera a parcialmente a la solicitud del anciano: no se marchaba, pero se ausentaba de la reunión entre abuelo y nieta.

–Ahora será mejor que me dejes verlo –dijo Theo mirando finalmente a Toby.

Zoe tuvo que reprimir el impulso de estrechar a Toby contra sí para protegerlo y, levantándolo de su hombro, se lo colocó entre los brazos y se ladeó para que su abuelo pudiera verle la cara.

Theo observó a su nieto con expresión tensa e impenetrable, pero cuando habló, su voz estaba teñida de emoción.

–Al menos parece griego.

–Así es –dijo ella, pensando que no valía la pena contradecir lo obvio.

–Tobias… –refunfuñó el viejo–. ¿Qué nombre es ese para un niño griego?

–Es el nombre que habían elegido mis padres antes de… –Zoe no pudo concluir la frase.

Bajó la mirada y tragó saliva, rezando para poder contener la súbita tristeza que la invadió.

Theo se revolvió en su asiento.

–Te–te acompaño en el sentimiento –musitó, incómodo–. Es una lástima que nos conozcamos en estas… trágicas circunstancias.

Incapaz de agradecer las condolencias de un hombre que había renegado de su hijo veintitrés años antes, Zoe tan solo pudo asentir con la cabeza.

Anton había mencionado que el anciano sentía remordimientos por el pasado, y su sentimiento de culpabilidad vibraba en aquel instante entre ellos perceptiblemente. Pero Zoe no podía evitar la amargura que la dominaba por la memoria de su padre rechazado; por el dolor de su madre, que había vivido veintitrés años sabiendo que no la consideraban una mujer digna del hijo de aquel hombre. Y sí, también ofendida por que Theo nunca hubiera manifestado el mínimo interés por ella.

–Está bien –dijo Theo con voz rasposa–. Veo que no quieres hablar de mi hijo, así que hablemos de negocios. Anton me ha contado que estás dispuesta a casarte con él para que las empresas no se hundan en la bolsa.

Zoe alzó la barbilla.

–No me interesa tu dinero.

–¿Quieres decir que vas a entregarte a ese cruel diablo por pura bondad?

–No –dijo ella, ruborizándose al escuchar la velada crítica que le valía lo que iba hacer–. Lo hago por el futuro de mi hermano.

–¿Quieres decir que te metiste en su cama y, como tantas otras antes que tú, no has soportado la idea de salir de ella?

El comentario hizo que Zoe enrojeciera hasta la raíz del cabello, especialmente porque la descripción se correspondía con la realidad.

–No tengo por qué darte explicaciones –dijo con frialdad–. Así que es mejor que dejes…

–¿Eso crees? –preguntó Theo con arrogancia–. Comprobémoslo. Te voy a hacer una contraoferta: si te casas con Anton, ni tú ni tu hermano veréis un céntimo de mi dinero. Abandona a Anton, ven a vivir conmigo, y cuando muera, os dejaré a ti y a tu hermano todo lo que tengo.

Zoe observó al hombre al que supuestamente debía llamar «abuelo». Sus ojos ardían como dos ascuas, con un brillo de satisfacción al creer que le había lanzado un cebo que no podría rechazar. De soslayo, Zoe percibió la silueta de Anton a contraluz. Parecía alerta, como si estuviera pendiente de su respuesta.

–Piénsatelo –la instó Theo Kanellis–. Piensa en el poder que te otorgo para vengarte del hombre al que coloqué en el lugar de tu padre. Tienes el arma para destruir sus planes de venganza por lo que Leander…

–¡Ya basta! –Anton salió súbitamente de su inmovilidad y su voz sonó como un látigo–. Se supone que estamos intentando tender puentes, Theo, no remover el pasado.

–Pero, ¿de qué está hablando? –preguntó Zoe, girándose hacia él y descubriendo que apretaba los dientes y los puños.

–De nada –dijo, crispado–. Tu abuelo te está poniendo a prueba a la vez que pretende perjudicarme.

–Pero… –Zoe se puso en pie y se humedeció los temblorosos labios. La cabeza le daba vueltas por lo que acababa de escuchar–. ¿Por qué ha hablado de venganza si no…?

–¡*Gomoto!* –exclamó asombrado Theo–. No lo sabe, ¿verdad? –añadió, antes de estallar en una sonora carcajada.

Toby se despertó y empezó a llorar a pleno pulmón. Su abuelo dejó de reír y empezó a toser violentamente al tiempo que el aire, al pasar por sus pulmones, emitía un agudo silbido.

Anton se arrodilló ante él precipitadamente.

–Mira lo que has hecho, viejo tonto –masculló al tiempo que le sujetaba por los hombros con un brazo mientras que con la otra mano alcanzaba algo en el brazo del sillón.

Era un timbre de alarma. Al reconocerlo, Zoe abrió los ojos espantada al tiempo que caminaba de un lado a otro para calmar a Toby.

Entonces se produjeron unos segundos caóticos. La puerta se abrió la puerta de par en par y un hombre entró como una exhalación. Al acercarse a Theo tenía la expresión concentrada y profesional de un enfermero, y estuvo a punto de empujar a Anton en su afán por acercarse a al anciano.

Toby no paraba de llorar. Dorothea apareció, jadeante y con cara de angustia, con Melissa pisándole los talones.

Incorporándose, Anton miró a la niñera.

–Llévese a Toby y tranquilícelo –ordenó.

Sin que Zoe supiera cómo, Anton le quitó a

Toby, y la encaminó hacia el corredor. Zoe vio alejarse a Melissa con Toby, mientras en el interior se oía a Dorothea amonestar a Theo; y Anton, tomándole la mano con firmeza la condujo hasta una puerta que abrió bruscamente.

Se trataba de un despacho decorado con mobiliario oscuro. Anton la llevó a sentarse a un sofá de terciopelo granate.

—¿Qué… qué le ha pasado? —balbuceó Zoe, visiblemente afectada.

—¿Creías que tu visita lo había curado? —aunque Anton sonó sarcástico Zoe fue consciente de que estaba tan afectado por lo que acababa de ocurrir como ella.

—No me había cuestionado cómo se encontraba porque parecía tan… fuerte —dijo ella, arrepentida de haber estado tan preocupada por defenderse que no se había parado a pensar en el estado de su abuelo.

—Porque así era precisamente como quería que lo vieras.

Anton fue hasta el mueble bar.

—Es un viejo cabezota que quería recibirte de pie. Ha sido un imprudente.

Anton sirvió dos brandys, volvió a sentarse junto a ella y le dio uno de los vasos diciéndole que lo bebiera.

Zoe negó con la cabeza.

—¿Y qué hay de… lo otro? —preguntó—. ¿La venganza cuya mención le ha causado el ataque tos?

Anton bebió el brandy de un sorbo.

—Quería provocarnos. Tiene tan pocas ocasiones de poner en práctica uno de sus enredos, que no ha podido resistir la tentación.

Pero eso no era todo. Zoe podía ver la palidez bajo la piel cetrina de Anton y el rictus que tensaba sus labios.

–No me distraigas con más mentiras, Anton –dijo con un suspiro de impaciencia–. Le ha parecido hilarante que no supiera algo que asumía que sabía, y quiero que me digas de qué se trata.

Anton se reclinó bruscamente sobre los cojines dando un suspiro y cerrando los ojos. Debía haberlo supuesto. A los pocos minutos de conocer a Zoe había adivinado que no tenía ni idea de por qué Theo y su hijo nunca se habían reconciliado. Ella creía que Theo era un despiadado déspota que había cortado todo vínculo con su hijo por haberlo humillado al abandonar a la novia que él le había escogido.

Anton habría dado cualquier cosa por que fuera así de sencillo. Y habría dado aún más por no haberse dejado llevar por su atracción hacia la nieta de Theo hasta el punto de convencerse de que todo acabaría bien.

«Acuéstate con ella. Proponle matrimonio. Convéncela apelando a su sentido de la responsabilidad. Acuéstate con ella una y otra vez; luego haz un gesto magnánimo llevándola a ver a su abuelo para que sellen la reconciliación familiar».

Theo estaba virtualmente en su lecho de muerte. Debía haber interpretado el papel de abuelo contrito, devorado por el sentimiento de culpa porque su hijo había muerto antes de que hubiera enmendado la situación.

–Lo único que te importa es el dinero, ¿verdad? –dijo Zoe, desafiante.

Anton se estremeció.

–No. No necesito el dinero de Theo, tengo todo el que necesito.

–Abre los ojos y dímelo mirándome a la cara – Zoe plantó el vaso en la mesa y se puso en pie.

Anton abrió los ojos y la miró.

Zoe se tensó al sentir que la desnudaba con la mirada.

–¡Cómo te atreves a mirarme así en estas circunstancias!

«Es inevitable», pensó Anton, observándola temblar. Bastaría un simple movimiento para hacerla suya, allí mismo, sobre el sofá de Theo. Era una perspectiva mucho más tentadora que dejar que la conversación llegara a su desafortunada conclusión. Sexo tórrido en la cresta de una torbellino emocional; casi podía sentir el placer anticipado en su boca. Y pudo percibir que ella también lo sabía por el rubor que coloreaba sus mejillas, la forma en que sus pechos se movían al ritmo de su alterada respiración y por cómo apretaba los puños a los lados del cuerpo.

Siempre que lo miraba, lo deseaba, pensó ella. Y eso no podía cambiarse.

–Renuncia al dinero de tu abuelo, *agapi mu*.

«Maniobra de distracción», sabía lo que tenía que hacer.

–Huye conmigo, ahora mismo –añadió–. Nunca te arrepentirás. En una hora podríamos estar disfrutando de una de esas siestas fantásticas.

–Mi… mi abuelo está enfermo y tú quieres… – Zoe casi se atragantó con las palabras. Dio media vuelta y se abrazó a sí misma. Luego se volvió bruscamente–. ¿Y Toby? ¡Tú me convenciste de que pensara en él y no en mí misma!

–No le faltará nada mientras esté a mi cuidado –dijo Anton.

La elección de palabras que hizo encendió una luz de alarma en la mente de Zoe.

–A tu cuidado como… ¿tutor de su fortuna?

Así que volvían al punto de partida. Respondiendo con calma a su retadora mirada, la advirtió con suavidad:

–No lo hagas, Zoe. No vuelvas a acusarme de ser un cazafortunas a no ser que quieras provocar una pelea.

Zoe sacudió la cabeza para retirarse el cabello de la cara, debatiéndose entre el deseo de mantener la sospecha sobre Anton, y la intuición de que no era el dinero lo que lo motivaba.

–Está bien, si no estás en esto para hacerte con el dinero de Theo, explícame para que nos has traído –exigió saber–. Y luego dime por qué te ha acusado de querer vengarte.

El silencio de Anton mientras la observaba con expresión de sorna y ojos chispeantes pesó como una losa. Zoe no conseguía leer su rostro y sentía que un hacha pendía entre ellos, pero estaba decidida a llegar hasta el fondo. Necesitaba que Anton le diera una explicación convincente de por qué su abuelo había usado la palabra «venganza» referida a él.

El silencio se prolongó, y cuando finalmente Anton se puso de pie, Zoe tuvo que reprimir el impulso de retroceder en un gesto defensivo. El enemigo… Aquellas dos palabras flotaban en su mente, recordándole lo que por unos días se había permitido olvidar.

Anton permaneció de pie, vestido informalmente y aun así, transmitiendo la imagen de un gran empresario, alto, extremadamente atractivo, con un sentido innato de la elegancia. No había ni un defecto en su apariencia física. Pero, ¿qué sabía del hombre que se ocultaba bajo aquella fachada y que ni en los momentos de mayor intimidad mostraba la esencia de su ser?

Era un desconocido, un cruel extraño. De otra manera, ella no estaría en Grecia. Y en aquel instante, Zoe se despreció por haberse dejado seducir por un hombre que no era nada.

–Contéstame, Anton –exigió, tan enfadada que no se molestó en disimular el temblor de la voz.

Él miró el vaso, y al comprobar que estaba vacío volvió junto al mueble bar. Mirándolo, Zoe sintió que se le encogía el corazón porque tuvo la certeza de que no le iba a gustar lo que estaba a punto de oír.

–No pretendo vengarme de nadie –dijo Anton, inexpresivo, al tiempo que se servía otra copa.

–¿Pero hay algún motivo por el que pudieras querer hacerlo? –preguntó ella.

–Sí –asintió Anton.

Zoe tomó aire.

–¿Y ese motivo implica a mi padre? –preguntó con voz trémula, aunque más que una pregunta fue una afirmación–. ¿Por qué Theo te eligió para reemplazar a mi padre?

Por fin llegaba la gran pregunta; la pregunta que Anton llevaba esperando que Zoe le hiciera desde que se conocieron. Contemplando el líquido dorado tentativamente, Anton dejó el vaso sobre el mueble, compuso una expresión neutra y se volvió hacia Zoe.

–Porque pensó que me lo debía –dijo, inexpresivo.

Por la actitud de Zoe, de brazos cruzados y con ojos centelleantes fijos en él, supo que intuía que estaba a punto de averiguar algo que iba a hacer añicos la imagen de perfección que tenía de su padre.

Y le correspondía hacerlo a él. Si se hubiera planteado vengarse de Leander Kanellis, habría conseguido la más dulce de las venganzas. Pero en lugar de dulce, le supo a veneno.

–Ya sabes que tu padre huyó de un matrimonio concertado –dijo a regañadientes–. Lo que no sabes es que la madre que plantó en el altar era mi madre, que acababa de quedarse viuda.

Capítulo 11

TU… madre? –preguntó Zoe, atónita. –
Iba a representar la fusión de dos grandes
fortunas –dijo Anton con una sonrisa de
amargura–. Theo quería unir su empresa con la de
mi abuelo, pero mi abuelo puso como condición
que su hija y el hijo de Theo se casaran.

Para Zoe la noción era de una frialdad inconcebible.

–Pero mi padre solo tenía dieciocho años –dijo–.
¿Cuántos tenía tu madre?

–Treinta y dos, pero eso era lo de menos –dijo
Anton con una mueca de resignación–. Mi madre
había crecido obedeciendo a mi abuelo. Dedicó su
vida a que se sintiera orgulloso de ella.

–Le había dado un nieto. Eso debería haber bastado.

–¿Estás defendiendo mi posición en esta lamen-
table historia, *agapi mu*? Me sorprendes.

–Pensaba en tu pobre madre, no en ti –dijo Zoe–.
Has dicho que acababa de enviudar. ¿Amaba a tu padre?

–Yo no describiría su relación en términos de
amor. Recuerdo oírlos discutir y que mi padre se ausentaba durante largos periodos –Anton se encogió
de hombros–. Era mi abuelo quien mandaba en casa,
no mi padre, que se cambió el apellido a Pallis como

parte del acuerdo al casarse con mi madre. ¡Es el poder que tiene la riqueza! –añadió con cinismo.

–¿Y a mi padre también lo dominaba mi abuelo?

–Eso pensaba todo el mundo hasta que Leander
desapareció de camino a la iglesia –Anton sonrió
con tristeza–. De hecho la sorpresa fue tal, que mi
abuelo sufrió un ataque al corazón que lo mató. Mi
madre se encerró en un convento y murió a los pocos meses de vergüenza. Entretanto –continuó con
la misma perturbadora calma–, tu abuela sufrió un
accidente en helicóptero de camino a ver a tu padre
para convencerlo de que cumpliera con su deber. El
helicóptero se hundió en el Egeo y Theo perdió a la
única mujer a la que había amado en toda su vida.

Zoe retrocedió unos pasos y se sentó en el sofá,
temiendo que las piernas no la sujetaran.

–Ahora entiendo por qué Theo nunca lo perdonó
–musitó con un hilo de voz. E imaginó lo doloroso
que debía haber resultado para su padre sentirse
responsable de la muerte de su madre.

Leander nunca se lo había perdonado. De pronto
su rechazo a hablar de su familia griega o la forma
en que se velaba su mirada cuando la oía mencionar
adquiría un nuevo sentido. Incluso su callada y cari-
ñosa madre debía saber que su matrimonio tenía
como cimientos el dolor y la culpabilidad.

–Theo se quedó solo, profundamente amargado –
continuó Anton–, mientras yo me convertía en un
huérfano multimillonario a los diez años, y me pu-
dría en un colegio interno a la vez que los directivos
del Pallis Group se repartían los mejores beneficios.
Tenía doce años cuando Theo ganó el juicio para
proteger mis intereses. Él me acogió, me dio un ho-

gar y una educación apropiada. Cuando cumplí veinticinco años me dio el control de Pallis Group, devolviéndomelo mucho más saneado y próspero de lo que era, y me dijo que me pusiera a trabajar para mantenerla a ese nivel.

Zoe lo miró a través de las pestañas humedecidas.

–Lo quieres, ¿verdad? –susurró.

–Desde luego –dijo Anton con firmeza–. Parece duro y severo, pero entonces era un hombre solo que intentaba recomponer un corazón destrozado y necesitaba a alguien que cuidara de él, igual que yo necesitaba que alguien se preocupara de mí.

–Entonces ¿te adoptó?

–No. Solo me tomó bajo su protección.

–Y tú odias a mi padre.

–Yo no odio a nadie –dijo él, dando un suspiro–. O quizá un poco a la prensa, que nos ha puesto en esta situación. Y aun así, no puedo odiarlos en exceso porque están tan ocupados viendo qué va a pasar, que no se han molestado en husmear sobre el pasado, y por eso no han descubierto por qué Leander desapareció –al ver que a Zoe le flaqueaban las piernas, fue hasta ella en dos zancadas–. No te desmayes. Bebe –añadió, acercándole el vaso.

Zoe sacudió la cabeza. La cabeza le daba vueltas ante aquella truculenta historia familiar de mentiras, sexo y oscuros secretos.

–Estamos repitiendo el pasado –musitó–. Y dices que no quieres venganza.

–Y así es –gruñó Anton, impaciente–. ¡No quiero vengarme!

–Entonces, ¿qué quieres?

Anton apretó los labios y guardó silencio. Entonces Zoe, que súbitamente adivinó todo con toda claridad, dejó escapar una seca carcajada.

–Has insistido en que nos casáramos prácticamente desde el primer momento. ¿Cómo no me he dado cuenta de que no solo pretendías ahuyentar a la prensa? ¿Qué querías? ¿Vengar a tu madre dejándome plantada en el altar?

Anton osó reírse y Zoe estuvo a punto de abofetearlo.

–¿Cuántas veces tengo que decirte que no me interesa el dinero de Theo? –dijo él con impaciencia.

–Tantas como has argumentado que debíamos casarnos. Y aun así no te creería.

Anton bebió de un trago el vaso de brandy que Zoe había dejado en la mesa y a dijo:

–El testamento de Theo no ha cambiado en veintitrés años –la informó con aspereza–. Su hijo ha sido siempre su heredero, y en caso de defunción de este, sus descendientes. Y si vas a preguntarme cómo le sé, te lo voy a decir –añadió, al ver que ella iba a interrumpirlo–: soy la única persona en la que Theo confía, y quien custodia sus documentos. Y pienso merecerme esa confianza por muchas etiquetas que la gente quiera ponerme –con una inclinación de cabeza, añadió–: ¿Vas a cumplir la palabra que me diste, Zoe, o vas a huir de tus responsabilidades, igual que hizo tu padre?

El aire en la habitación prácticamente vibró tras aquel comentario. Todo lo que Zoe había creído sobre el exilio de su padre hasta entonces se había visto trastocado. No le culpaba por no haber sido capaz de asumir sus responsabilidades, ni por amar a su madre, pero esa no era la cuestión. Lo que Anton le estaba preguntando era si estaba dispuesta a hacer por su abuelo lo que su padre no había hecho.

—Theo ha dicho que no quiere que nos casemos —recordó a Anton

Anton la tomó por los hombros y por un instante Zoe creyó que iba a sacudirla, pero se limitó a mirarla fijamente y decir:

—Estaba poniéndote a prueba. ¡Quería comprobar si lo decepcionarías, como tu padre! Necesitaba asegurarse de que va a dejar su legado en manos de alguien en quien puede confiar. Así que vuelvo a preguntártelo: ¿estás dispuesta a ser generosa y hacerle un regalo antes de que muera?

Zoe se estremeció y se arrepintió de haberlo mirado a los ojos porque siempre que lo hacía perdía la voluntad de resistirse.

—Sí —se oyó susurrar—. Hasta que muera —añadió, porque necesitaba asirse a la única condición que había puesto la última vez que habían discutido por aquel tema—. Haré lo que me pidas hasta que todo esto pase, pero después volveré a mi vida y tú no me lo impedirás.

Anton adoptó una actitud fría y tensa sin que Zoe comprendiera la causa, por más que lo intentara. Pero Anton no le dio la mínima pista y, tras hacer una pausa, la soltó diciendo:

—De acuerdo —y le dio la espalda. Luego añadió—: Voy a ver cómo se encuentra Theo —y salió sin mirarla.

Se casaron una semana más tarde en la casa de Theo. Fue este quien la entregó a Anton, y solo entonces aceptó volver a su silla de ruedas, desde donde fue testigo del resto de la celebración, de la que pareció disfrutar más que los dos protagonistas. Bebieron champán y luego se retiró.

Su aspecto frágil llevó a Zoe a pedir ir a verlo antes de volar de vuelta a Thalia con Anton. Lo encontró dormido, pero permaneció sentada a su lado un rato, con una mano sobre la de él mientras se lamentaba de que no hubiera visto madurar a su padre porque estaba convencida de que se habría sentido orgulloso de él.

Cuando Anton entró a anunciarle que debían marcharse, se puso en pie y se inclinó para besar a su abuelo en la mejilla antes de salir precipitadamente con la cabeza agachada para que Anton no viera que lloraba.

Tras unas horas en casa de Anton, tuvo la sensación de que nada había cambiado. El sencillo vestido de boda que había lucido durante la ceremonia colgaba de una percha en el armario y, aunque los que los rodeaban les daban la enhorabuena y sonreían, Anton y ella se comportaban como dos desconocidos.

Todos los días que habían pasado en la isla de Theo habían seguido la misma pauta. Ni siquiera compartían dormitorio, y Anton trabajaba largas horas. Aunque volvía cada noche a tiempo de cenar con Zoe, en cuanto terminaban, se retiraba al despacho y no volvían a coincidir hasta la cena del día siguiente.

«Siete largos días», pensó Zoe mientras permanecía frente a la ventana de su dormitorio que había abierto para dejar entrar la brisa del mar. Aunque no era tarde, se había retirado. La luna flotaba sobre las copas de los árboles. Una de las sirvientas, una incurable romántica, había dejado sobre la cama un precioso camisón de seda rosa, y Zoe se lo puso después de darse una ducha.

Se vio reflejada en el espejo y observó cómo la tela se pegaba delicadamente a sus senos y luego colgaba suavemente hasta sus tobillos. Parecía una novia en su noche de bodas, solo que no tenía un novio que pudiera apreciar el efecto.

«Por Dios, Zoe», se dijo, irritada. «¿Qué haces comportándote como una adolescente, contemplando la luna y anhelando un amor?».

El leve ruido de su puerta cerrándose le hizo volverse bruscamente. Como si lo hubiera invocado, descubrió a Anton, alto, moreno y espectacularmente real.

–¿Contemplando las estrellas, *glikia mu*? –dijo, usando un tono grave y aterciopelado, y adentrándose en la habitación.

–Pidiendo deseos a la luna, más bien –dijo ella, riendo para ignorar la fuerza con la que le latía el corazón–. ¿Quieres algo?

–¡Qué pregunta tan tonta para tu marido en la noche de bodas!

Zoe dijo con labios temblorosos.

–Creía que habíamos decidido que era un matrimonio de conveniencia.

–¿Ah, sí? –Anton la miró intensamente, pero Zoe tuvo la sensación de que no la había escuchado.

Y estaba… espectacular. Acababa de ducharse y solo llevaba puesto un albornoz negro. Tenía el cabello todavía húmedo y olía a jabón.

–No recuerdo haber hecho una promesa tan estú-pida –musitó él.

–Pensaba que… –Zoe calló cuando Anton le acarició la mejilla y le retiró el cabello por detrás de los hombros antes de apoyar la mano en su nuca.

–¿Qué pensabas? –preguntó él.

–Que no me deseabas –balbuceó ella al dar él un nuevo paso adelante.

–Tú elegiste la cama en la que querías dormir y yo he respetado tu decisión.

¿Así de sencillo? Zoe no lo tenía tan claro. ¿Desde cuándo Anton respetaba sus deseos?

–¿Y ahora has decidido dejar de respetarlos?

Anton sonrió con picardía.

–Digamos que he adivinado lo que deseabas, porque yo deseaba lo mismo.

Y para puntuar sus palabras, deslizó un dedo por su cuello, hasta sus hombros y por la suave curva de sus senos, que se llenaron al contacto con su mano.

Zoe alzó la barbilla y, mirándolo a los ojos, le rodeó el cuello con los brazos.

–Te he echado de menos –susurró.

Era una afirmación peligrosa porque la dejaba vulnerable y expuesta. Aun así, no titubeó y buscó los labios de Anton. Él recibió con placer sus leves besos mientras recorría con sus manos las formas de su cuerpo por encima de la seda.

–Se acabaron las peleas.

–Se acabaron las peleas –repitió ella. Y se sintió recompensada cunado Anton le devolvió los besos con una intensidad y una lentitud distinta a la de to-dos los besos que se habían dado hasta entonces.

Permanecieron así, besándose bajó la luz de la luna que se filtraba por la ventana, y sin ninguna prisa por llevar las cosas un paso más adelante. Les bastaba con liberarse de las barreras que habían erigido aquellos días para aislarse el uno del otro. Cuando Anton quiso avanzar, en lugar de actuar como un macho, tomarla en brazos y llevarla a su dormitorio, utilizó una estrategia mucho más íntima, pasándole un brazo por los hombros y dirigiéndola hacia allí.

Zoe supo que ya nunca se resistiría a él. Anton Pallis era su amante y su esposo. De haberse atrevido, habría susurrado, «te quiero», pero no lo hizo.

Anton volvió a besarla cuando llegaron junto a la cama. Primero le besó el rostro delicadamente, descendiendo luego por su cuello al tiempo que le retiraba los tirantes del camisón y lo dejaba caer al suelo. Zoe bajó la mirada y se concentró en soltar el cinturón del albornoz de Anton. Este no la ayudó, y ambos sintieron el aire vibrar cuando Zoe se lo quitó de los hombros y dejó que siguiera el mismo camino que el camisón.

Finalmente desnudos. ¡Y la sensación era tan maravillosa! Cuando Anton la volvió a estrechar contra sí, Zoe dejó escapar un suspiro de felicidad y apretó sus labios contra los de él. Sus senos parecían haber cobrado vida, sus pezones, endurecidos, se frotaban contra el vello del pecho de Anton. Él se meció contra ella sensualmente, excitándola con sus labios, sus manos, y la presión de su duro y firme sexo. Con premeditada lentitud la fue elevando hasta el borde de la explosión antes de tomarla de un solo movimiento y sentir las contracciones de su orgasmo al tiempo que ella le rodeaba la cintura con las piernas y clavaba las uñas en su espalda.

Zoe adoró notar que Anton temblaba y sentir su aliento jadeante en la boca. Cuando finalmente él se echó en la cama, llevándola consigo para arrastrarla una vez más al éxtasis, ella gritó su nombre y él lo aspiró de sus labios con un profundo gemido de placer.

A la mañana siguiente, Anton la despertó sacándola de la cama.

–¿Qué haces? –preguntó Zoe, adormilada.

–Tengo una sorpresa para ti –le anunció él. Y sin compadecerse de ella, la tomó en brazos y fue con ella al cuarto de baño–. Tienes diez minutos para ponerte presentable.

A los diez minutos, Zoe salió con unos pantalones cortos y una camiseta de tirantes.

–Espero que sea una buena sorpresa –dijo, amenazadora, al encontrarlo sentado en la cama.

Él apenas le había dejado dormir la noche anterior y Zoe pensaba que había disfrutado de una de las mejores noches de boda posibles. Pero eso significaba que estaba cansada y un poco aturdida, aunque no tanto como para que no le pareciera arrebatador con aquellos pantalones grises y una camiseta que se pegaba a su impresionante musculatura.

Poniéndose en pie, Anton la tomó de la mano y bajó las escaleras con ella.

–Ni siquiera he dado los buenos días a Toby – protestó–. Y necesito un té.

–Más tarde –Anton pasó de largo el comedor y salió directamente al soleado exterior.

En ese instante Zoe pestañeó y se despertó bruscamente.

–¡Dios mío! –exclamó incrédula, abriendo los ojos como platos.

En medio del jardín estaba la mejor sorpresa que podía haberle dado, y los ojos de Zoe centellearon de alegría.

–¿Dónde lo has encontrado? ¿Cómo lo has traído? –preguntó al tiempo que corría descalza por la hierba dejando a Anton en el porche, que la observó con expresión divertida rodear el telescopio de metal que brillaba al sol.

Ordenó que les sirvieran el desayuno en la terraza y se sentó mientras veía que Zoe hacía girar ruedas y palancas a la vez que comentaba lo que estaba haciendo sin que él llegara a comprender de qué hablaba. Pero le daba lo mismo. Su mujer estaba contenta, y por primera vez afloraba a la superficie la criatura luminosa y alegre que había sospechado que se ocultaba bajo el dolor y el sufrimiento que la aplastaban. Era maravillosa; una mezcla de hermosa diosa y de niña, combinada con una extraordinaria inteligencia que lo dejaba sin aliento.

Para cuando llegó la tarde, se preguntó si no había cometido un error. El maldito telescopio lo había relegado a un segundo lugar, lo que, para un hombre como él, representaba un duro golpe a su ego. Finalmente decidió ir al despacho a trabajar mientras ella seguía explorando el cielo. Ni siquiera le prestó atención a Toby.

–Se ha olvidado de nosotros –dijo Anton al niño, que con los días parecía prestar más atención a las palabras–. Nos han dejado por un tubo de metal con una lupa.

Riendo para sí, se dijo que unos diamantes habrían sido una elección más acertada.

Llegada la noche, Zoe pareció acordarse de él y se sintió culpable por no haberle dado ni siquiera las gracias, y por primera vez todas las lecciones que había recibido de Anthea le fueron de utilidad. Para compensar a Anton, sacó los muebles de mimbre de la terraza y preparó la mesa para una cena romántica en el jardín, bajo la luz de las velas. Luego, se puso el vestido más sexy que encontró en el armario.

Los ojos de Anton se oscurecieron cuando la vio. Su cabello brillaba tanto como la sonrisa que bailaba en sus labios. Zoe lo tomó de la mano, lo llevó a la mesa y le dio la cena que, de acuerdo con Anthea, más le gustaba, además de prometerle que iba a sorprenderlo más tarde con lo que iba a enseñarle cuando le dejara mirar por su telescopio.

Y eso hizo, obligándole a mirar y dándole una lección, fingiendo no darse cuenta de lo aburrido que le resultaba. Cuando finalmente le dio permiso para abrir el champán, su cara de alivio la hizo reír.

–Y ahora –dijo, obligándole a sentarse en el sofá–, voy a darte tu regalo de boda.

Anton la miró con curiosidad mientras ella se acercaba a la mesa y dejaba su copa. Y con creciente curiosidad, la vio meterse las manos por debajo del vestido y quitarse las braguitas, que dejó caer al suelo.

El aburrimiento se le pasó súbitamente y esperó ansioso lo que intuía que iba a suceder. Pero aunque había sido seducido de forma parecida en otras ocasiones, nada podía compararse al fuego con que le ardió la entrepierna cuando Zoe se acercó y se sentó a horcajadas sobre él.

—Se supone que debía impresionarte –dijo Zoe–. Es la primera vez que hago esto.

—Y estoy impresionado –dijo él–. Pero estamos fuera, *agapi mu*, y pueden vernos.

—¡Qué mojigato! –dijo ella, haciendo un mohín y llevándose la copa de Anton a los labios con expresión pícara.

—Te has ocupado de que sea imposible, ¿verdad? –preguntó él, arqueando una ceja.

—Soy una persona muy organizada por naturaleza –confirmó ella con gesto serio, al tiempo que empezaba a mecerse y sentía el efecto que tenía sobre él –¿Quieres un sorbo?

Anton tomó la copa y la lanzó hacia un lado. Zoe siguió la curva que describió en el aire hasta que cayó al césped.

—Qué manera tan original de responder –musitó.

—Y tú, esposa mía, eres una terrible provocadora –replicó él.

Pero no se trataba de una provocación, sino de una seducción en toda regla. Sin apartar sus ojos de los de él, Zoe le tiró de la camisa para sacársela de los pantalones.

—¿Quieres que me quede desnudo? –dijo él, quitándose los zapatos ayudándose de los pies.

—Sí, por favor.

Zoe le desabrochó la camisa y la abrió a ambos lados antes de agacharse para probar el cálido sabor a sal de su piel. Dejando escapar una exclamación

Anton se quitó la camisa y estrechó a Zoe en sus brazos, obligándola a alzar el rostro.

El primer beso fue tal y como ella esperaba, y los arrastró a un mundo propio de sensuales caricias. Zoe solo separó sus labios de los de él cuando quiso que se adentrara en ella. Tomándole el rostro entre las manos, susurró:

–Gracias por mi regalo.

Entonces Anton la levantó por las caderas y luego la hizo descender, penetrándola profundamente. La forma en que cerró los ojos y contuvo la respiración al tiempo que susurraba «*Thee mu*» hicieron que Zoe se sintiera la mujer más feliz sobre la tierra.

Capítulo 12

ZOE olvidó recordarse regularmente que se trataba de un arreglo temporal, un acuerdo empresarial combinado con mucho sexo tórrido. Después de tantas semanas de dolor y tristeza, se sentía feliz, y se permitió abrazar su nueva vida en Grecia con Anton, arrinconando cualquier duda que la asaltara ocasionalmente.

Después de cuatro semanas, la realidad la golpeó con fuerza. Su abuelo murió mientras dormía. Un abogado llegó desde Atenas para leerles el testamento. Aparte de las asignaciones a aquellos a los que quería y que habían cuidado de él, Zoe y Toby eran sus herederos. A Anton le correspondía el control de los intereses empresariales. En caso de que se divorciaran, su nieta quedaba libre de llegar al acuerdo que quisiera. El arreglo era tal y como Anton había dicho que sería, y Zoe pudo por fin confirmar que no mentía.

Lo dejó hablando con el abogado y, tras dar la tarde libre a Melissa, se quedó cuidando de Toby.

Cuando Anton fue a buscarla, era más tarde que la hora habitual de la cena, y la encontró en el jardín, mirado por el telescopio mientras intentaba no pensar en nada.

Porque lo quisiera o no había llegado el momento que tanto había temido, el momento de pensar en su futuro con Toby fuera de la isla, de poner fin a aquel matrimonio de conveniencia, aunque para ella siempre hubiera sido algo más que eso.

Había recibido una inesperada oferta de trabajo del observatorio astronómico de Atenas, que le había llegado a través de su profesor de Manchester. Y la oferta, que estaba considerando en aquel mismo momento mientras observaba las estrellas, era tan tentadora que casi le costaba creer que fuera realidad. Además de permitirle pagar su crédito, podría mudarse con Toby a la casa de su abuelo en Glyfada. Después de todo, era rica y podía tomar cualquier decisión libremente.

O podía enterrar la cabeza en la arena, como un avestruz, y quedarse paralizada. ¿Por qué se planteaba esa posibilidad? Porque no quería marcharse de aquella isla, de aquella casa…

–¿No cenamos? –al oír la voz que explicaba por qué no quería irse, Zoe se volvió hacia Anton, que se había echado en una hamaca junto a la de ella.

Volvió la mirada a las estrellas y las lágrimas le nublaron la vista.

–Theo me preguntó el día anterior a morir si seguía odiándolo –confesó.

Anton le tomó la mano y entrelazó sus dedos con los de ella.

–¿Y qué le dijiste?

–La verdad. Que al principio lo había intentado pero que cuando lo miraba veía a mi padre, y que no podía odiar al hombre que me había proporcionado el amor del padre más maravilloso del mundo.

–Me alegro de que os reconciliarais, *agapi mu* – dijo Anton con dulzura.

Apretando los labios, Zoe susurró:

—Llegué a quererlo.

—A pesar de su mal genio, Theo conseguía que te encariñaras con él —dijo Anton, sonriendo. Luego se puso serio y añadió—: Lo malo es que, para ti, es un familiar más que muere en un breve espacio de tiempo.

Otra persona a la que quería y que fallecía… Tres en un año. Y desde ese momento tenía que empezar a hacerse a la idea de perder a una cuarta.

Impulsivamente, Zoe alzó la mano unida a la de Anton y beso los dedos de él.

—Me han ofrecido un trabajo —musitó.

Sintió la mano de Anton tensarse antes de que la retirara de la de ella.

—¿Es una buena oferta? —preguntó él tras una pausa.

—Sí —dijo ella, antes de explicar—: Parece que los cielos han oído mis ruegos. Si lo acepto, puedo terminar la tesis doctoral a la vez que empiezo a normalizar mi vida. Y tú la tuya —añadió con cautela, consciente de que estaba sacando el tema que habría preferido no tener que mencionar.

—Mi vida está muy bien, gracias —respondió Anton—. Los dos podemos ir a Atenas a diario —añadió improvisadamente—. Es lo que yo hago.

—Sabes que no me refería a eso —dijo ella, incorporándose y abrazándose las rodillas. Anton no era tan tonto como para no saberlo—. Teníamos un… acuerdo —continuó ella—, y ha llegado la hora de darlo por terminado.

El silencio de Anton fue angustioso para Zoe, que por un momento llegó a pensar que no la había oído. Quería mirarlo, pero no se atrevía, y las lágrimas rodaban sin control por sus mejillas.

Anton se puso en pie y metió las manos en los bolsillos.

—No lo hagas, Zoe —dijo finalmente.

—¿El qué? ¿Hablar de lo que los dos evitamos mencionar? Theo ha muerto —dijo ella, mordiéndose una rodilla para contener las lágrimas.

—Si lo que quieres es poner fin a nuestra relación porque Theo ha muerto, dímelo con más entusiasmo y no farfullando.

Zoe se secó las mejillas con el dorso de la mano.

—No entiendo por qué estás enfadado. Esto no ha sido más que un arreglo temporal.

—¡No es un arreglo, es un matrimonio! —exclamó él—. Me casé contigo, no te compré a Theo ni al diablo. Me casé contigo porque quería que fueras mi esposa —añadió, con el tono airado de un Zeus lanzando relámpagos—. ¿Cuántas veces te pedí que nos casáramos?

—¿Pedírmelo? —Zoe se puso en pie—. Jamás me lo pediste. Me dijiste lo que tenía que hacer porque siempre crees tener la razón.

—Porque la tengo —dijo él, furioso—. Si no, ¿por qué estamos teniendo esta estúpida discusión? Porque tú la has empezado —se respondió a sí mismo—. Porque puedes ser una idiota…

—¿Cómo te atreves a llamarme idiota? —estalló Zoe.

Anton se atrevía porque pensaba que tenía que ser idiota para seguir considerando su relación como pasajera. Pero prefirió no decirlo.

—A veces puedes ser verdaderamente grosero —dijo ella al no obtener respuesta.

–No me trates como si fueras una gran dama inglesa –replicó él–. Eres tan griega como yo, tan testaruda y tan tenaz como yo. En cambio se te da mucho mejor hacerme sufrir por mis pecados que a mí hacerte sufrir por los tuyos.

Zoe abrió los ojos desorbitadamente.

–¡Yo nunca te he hecho sufrir!

–Entonces, ¿por qué me haces esto? –exclamó él, alzando los brazos y dándole la espalda–. Yo te amo –dijo hacia la oscuridad que los rodeaba–, y tú estás ansiosa por dejarme.

Perpleja, Zoe sofocó una exclamación.

–Eres injusto, sabes perfectamente que nunca hemos hablado de amor.

Anton dejó escapar una risa amarga.

–Tú no.

–¡Ni tú! –protestó Zoe, alzando la voz–. Así que si sientes la obligación de conservarnos cerca a Toby y a mí porque crees que se lo debes a Theo, dilo. ¡Pero no te atrevas a llamarlo «amor»!

Anton se volvió y, tomándola por los hombros, la sacudió levemente.

–Mírame –ordenó. Cuando Zoe mantuvo la mirada en el suelo, le dio otra sacudida–. Mírame Zoe –dijo, suplicante.

Zoe alzó la mirada con expresión desafiante.

–Dime lo que ves –dijo él, mirándola fijamente. Zoe no estaba dispuesta a decirlo. Hizo ademán de soltarse, pero Anton la sujetó con fuerza.– ¡No voy a soltarte hasta que me digas lo que ves!

–¡Está bien! –dijo ella, estallando en llanto–. ¡Veo al hombre del que me he enamorado! ¿Estás contento?

Una vez más intentó liberarse, pero él intensificó la presión de sus manos.

–No, *agapi mu* –dijo–. Lo que ves es el hombre que te ama. Y cuando te miro, veo a la mujer que me ama. Piénsalo –dijo con firmeza–. Desde el primer momento que nos vimos en Londres, cada vez que nos miramos, los dos lo sabemos. Cada vez te derrites por mí. ¿Por qué no quieres aceptar que para mí es lo mismo?

¿Lo veía? ¿Sería que no se atrevía a verlo? Era una locura, pero ¿cabía la posibilidad de que hubiera estado tan ocupada ocultando sus sentimientos hacia él, que le habían pasado desapercibidos los de él hacia ella?

Anton tenía razón. Ya empezaba a derretirse.

–Di algo –pidió él al ver que lo miraba en silencio como si quisiera llegar a lo más profundo de su ser.

–¡Oh, Anton! –impulsivamente, Zoe se abrazó a su cuello–. ¡Estaba tan desesperada pensando que tenía que dejarte!

–Deberías haber sabido que no era así –Anton la estrechó contra sí–. ¿Cuándo te he pedido que me dejes?

«Nunca», pensó Zoe. Jamás. Ni siquiera cuando la había raptado y le había dado un ataque de histeria, del que él se había sentido responsable. Ni la primera noche, tras la que también se había sentido mal… En ningún momento le había pedido que se marchara.

–Necesito que me beses –susurró.

Anton no necesitó que se lo repitiera. Con un gemido, atrapó sus labios y le dio el beso más apasionado que le hubiera dado nunca. Cuando alzó la cabeza, Zoe lo miró con ojos velados y susurró:

—Te amo tanto que me asusta, *s'agapo*. Ahora necesito oírtelo decir a ti por si antes he oído mal.

Él obedeció. Se lo dijo en griego y en inglés. Incluso en ruso y en una docena más de lenguas al tiempo que iban hacia la casa.

—¿Estáis listos para cenar? —preguntó Anthea al verlos pasar junto al comedor.

—Más tarde —dijo Anton, subiendo con Zoe las escaleras.

Anthea suspiró y volvió a la cocina con una sonrisa en los labios, porque no necesitaba estudiar las estrellas para saber dónde iban.

Anton cerró la puerta del dormitorio y los sonidos de la casa quedaron amortiguados.

—Podría vivir cien años y no cansarme de ti —dijo, después de que hicieran el amor con la pasión que solía dejarlos exhaustos.

Con la mejilla apoyada en su pecho, Zoe sonrió, adormecida.

—Cuando llegue ese día, te lo recordaré.

—Muy bien —Anton bostezó—. Trato hecho.

Era una conversación tonta, pero a Zoe le divertía. Se acurrucó a su lado y le pasó una pierna por encima.

—Te amo —musitó a la vez que se le cerraban los párpados.

—Y yo a ti, *glikia mu* —dijo él.

Pero Zoe ya se había quedado dormida.

Acepte 2 de nuestras mejores novelas de amor GRATIS

¡Y reciba un regalo sorpresa!

Oferta especial de tiempo limitado

Rellene el cupón y envíelo a

Harlequin Reader Service®
3010 Walden Ave.
P.O. Box 1867
Buffalo, N.Y. 14240-1867

¡Si! Por favor, envíenme 2 novelas de amor de Harlequin (1 Bianca® y 1 Deseo®) gratis, más el regalo sorpresa. Luego remítanme 4 novelas nuevas todos los meses, las cuales recibiré mucho antes de que aparezcan en librerías, y factúrenme al bajo precio de $3,24 cada una, más $0,25 por envío e impuesto de ventas, si corresponde*. Este es el precio total, y es un ahorro de casi el 20% sobre el precio de portada. !Una oferta excelente! Entiendo que el hecho de aceptar estos libros y el regalo no me obliga en forma alguna a la compra de libros adicionales. Y también que puedo devolver cualquier envío y cancelar en cualquier momento. Aún si decido no comprar ningún otro libro de Harlequin, los 2 libros gratis y el regalo sorpresa son míos para siempre.

416 LBN DU7N

Nombre y apellido	(Por favor, letra de molde)	
Dirección	Apartamento No.	
Ciudad	Estado	Zona postal

Esta oferta se limita a un pedido por hogar y no está disponible para los subscriptores actuales de Deseo® y Bianca®.
*Los términos y precios quedan sujetos a cambios sin aviso previo.
Impuestos de ventas aplican en N.Y.

SPN-03   ©2003 Harlequin Enterprises Limited

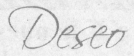

Deseo

¿Sería la noticia de su embarazo un acorde equivocado o música para sus oídos?

CANCIÓN PARA DOS
CAT SCHIELD

Mia Navarro, una joven dulce y callada, se había pasado la vida a la sombra de su hermana gemela, la princesa del pop, pero una aventura breve y secreta con Nate Tucker, famoso cantante y productor musical, lo cambió todo: Mia se quedó embarazada. Sin embargo, ella no lograba decidir si debía seguir cuidando de la tirana de su hermana o lanzarse a la vida que llevaba anhelando tanto tiempo. Y cuando por fin se decidió a anteponer sus necesidades, hubo de enfrentarse a algo aún más complicado.

Bianca

Una noche inesperada en la cama de su marido…

UN HEREDERO INESPERADO

ANNE MATHER

La imposibilidad de tener un hijo acabó con el matrimonio de Joanna y Matt Novak. Pero, cuando Joanna solicitó a su multimillonario marido el divorcio, este le dejó claro que estaba decidido a que permanecieran casados… en el más íntimo de los sentidos.

En medio de una acalorada pelea, estalló el deseo que los consumía y, prometiéndose que sería la última vez, Matt y Joanna se entregaron al placer de sus mutuas caricias.

Tras el tórrido encuentro, llegaron al acuerdo de separarse definitivamente… hasta que Joanna descubrió una pequeña consecuencia de su noche juntos: ¡estaba embarazada de Matt!.